〖中华诗词存稿·地域专辑〗

中华诗词学会 编

新疆诗词选

（一）

星汉 主编

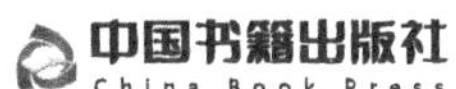

图书在版编目（CIP）数据

新疆诗词选 · 一 / 星汉主编 . -- 北京 : 中国书籍出版社 , 2020.8

（中华诗词存稿）

ISBN 978-7-5068-7909-5

Ⅰ . ①新… Ⅱ . ①星… Ⅲ . ①诗词—作品集—中国 Ⅳ . ① I22

中国版本图书馆 CIP 数据核字 (2020) 第 145191 号

新疆诗词选 · 一

星 汉 主编

责任编辑 李国永
责任印制 孙马飞 马 芝
封面设计 采薇阁
出版发行 中国书籍出版社
地 址 北京市丰台区三路居路 97 号（邮编：100073）
电 话 （010）52257143（总编室）（010）52257140（发行部）
电子邮箱 eo@chinabp.com.cn
经 销 全国新华书店
印 刷 北京虎彩文化传播有限公司
开 本 710 毫米 ×1000 毫米 1/16
字 数 355 千字
印 张 33.25
版 次 2020 年 9 月第 1 版 2020 年 9 月第 1 次印刷
书 号 ISBN 978-7-5068-7909-5
定 价 798.00 元（全 2 册）

《中华诗词存稿》编委会名单

《中华诗词存稿》
〈新疆诗词卷〉编委会名单

主　　任： 王爱山

主　　编： 星　汉

副 主 编： 凌朝祥　李　汛

编　　委： 于钟珩　王爱山　邓世广　孙　钢　李　汛

明剑舟　星　汉　栾　睿　凌朝祥

总　　序

我们这个诗歌大国有一个很好的传统，历来注重“采诗”、搜集整理诗歌材料。作为唯一的全国性诗词组织的中华诗词学会，自 1987 年 5 月成立以来，就十分重视这项工作。学会每年的学术研讨会和历届“华夏诗词奖”，都出版论文集和获奖作品集。纪念学会成立二十年、三十年时，还专门编辑出版了《大事记》《论文选集》《诗词选集》。《中华诗词》创刊以来，每年都制作年度合订本。2007 年 5 月，在北京天识东方文化艺术传播有限公司的资助下，以近代以来诗词创作、诗词理论、诗词运动重要文献汇编，当代名家个人作品专集等为主要内容，出版了《中华诗词文库》。经过十来年的编辑整理，已经出了近百卷。这些诗集、文集的出版，记录了近百年来尤其是改革开放四十多年来，中华诗词从起步、复苏走向复兴的砥砺前行的历程，为近、当代诗歌史的撰写准备了丰富的资料。

党的十八大以来，中华民族优秀传统文化重新受到应有的重视。习近平总书记《念奴娇·追思焦裕禄》词和《军民情》七律的相继发表，引领中华大地诗潮滚滚而来。《中共中央关于繁荣发展社会主义文艺的意见》和中办、国办《关于实施中华优秀传统文化传承发展工程的意见》，都明确提出“加强对中华诗词、音乐舞蹈、书法绘画、曲艺杂技和历史文化纪录片、动画片、出版物等的扶持。”国家教育部组织制定由中华诗词学会起草的新中国语言体系中的新韵书《中华通韵》已经通过国家语言文字工作委员会语言文字规范标准审定委员会审定，即将颁布全国试行。这些都使我们真切地感受到，中华诗词的春天真的到来了。诗人们乘着骀荡春风，正以高昂的激情，书写着中华民族伟大复兴的新时代、新史诗，国家富强、民族振兴、人民幸福的中国梦；正以与人民同呼吸、共命运的诗人之心，对人民的欢乐、人民的忧患、人民的情怀给以诗意的表达；正以“美”或“刺”的诗人之笔，对市场经济大潮中人民对幸福生活的期待，对美好未来的希望，对假丑恶的深恶痛绝，或给以方向，或给以赞美，或给以鞭挞。正如习近平总书记所指出的：“好的文艺作品就应该像蓝天上的阳光、春季里的清风一样，能够启迪思想、温润心灵、陶冶人生，能够扫除颓废萎靡之风。”

当前，传统诗词创作者和诗词爱好者队伍发展迅速，已超过三百万。每天创作的诗词作品超过唐诗、宋词、元曲的总和。诗词评论研究队伍也成长很快，诗词评论、诗词学、诗词创作理论研究成果丰硕。如何从浩如烟海的诗词作品中“淘”出优秀作品，并使之存下来、传下去，如何使诗词研究理论成果“面世”并发挥应有的指导作用，确实是摆在我们面前的无可回避的一个重要课题。中华诗词学会是一个没有国家编制，没有国家拨款的社会团体，事业的运转主要靠社会赞助和会员费支撑。俊识（北京）文化传媒有限公司总经理吕梁松、北京采薇阁总经理王强，两位一直是对中华传统文化情有独钟的热心人，慷慨解囊，愿意同中华诗词学会一起，搜集整理编辑推出《中华诗词存稿》这套书，共同为中华诗词文化的继承和发展，做成这件十分有意义的事情。

《中华诗词存稿》主要搜集整理出版三部分内容的资料：一是当代诗词名家的个人作品集；二是当代诗词评论家、诗词学者的学术著作集；三是当代诗词作品、诗词理论学术成果阶段性、专题性、地域性的集成类作品集。诗词作品强调精品意识，沙里淘金，把“有筋骨、有道德、有温度”的优秀诗词作品搜集起来。诗词评论、研究类资料强调理论性和创新性，应具有鲜明的个性特点，具有创建性的见解。集成类的资料应有一定的史料保存价值。总之，做成一套具有当代价值和历史意义的好书。在此，我们编委会人员，向提供资料、筛选编辑、版面设计、校对勘误，包括所有为这套资料付出辛勤劳动的同志们，表示真诚的谢意！

郑欣淼

二〇一九年七月于北京

序

《中华诗词存稿•新疆卷》，在中华诗词学会的大力支持下，在新疆维吾尔自治区党政领导的亲切关怀下，经过全疆诗词作者的积极参与和编委会全体编委的共同努力，经过两年多的搜集、筛选、整理，终于编纂完成，即将出版。这不仅是中华诗词存稿的重要组成部分，也是新疆文学史上的一件大事。它对于研究新疆、了解新疆、宣传新疆，推动新疆经济社会发展，维护新疆社会稳定，增强民族团结，都具有深远的历史意义和重要的现实意义！

我国是一个诗歌大国。从诗经、楚辞、汉赋，到唐诗、宋词、元曲，以至明清和近当代的诗词作品，宛如一条绵延不断的长河，奔流不息。而《中华诗词存稿•新疆卷》就是这条长河中的一脉支流。新疆不仅幅员辽阔，资源丰富，而且以其独特的地缘环境，优美壮丽的自然景观，悠久深厚的人文古迹和具有西域特色的风土人情闻名于世，是历代文人墨客向往的地方，是诗词创作的一块得天独厚的膏腴之地。自古以来，孕育了一代又一代的诗人词家，创作了大量的精品佳作。远的不说，仅从新中国成立以来，就公开出版了西域诗词总集10种之多。新疆诗词学会会刊《昆仑诗词》，出版了66期，刊登诗词21000余首。这次出版的《中华诗词存稿•新疆卷》，绝大多数诗词作品，就是从这些总集和会刊《昆仑诗词》中遴选出来的上乘力作。有很强的思想性、艺术性和时代性，题材也非常广泛，内容丰富多彩，可读性强。较为客观地反映了新疆诗词队伍的素质和诗作水平。尤其可喜的是涌现了一批当今诗坛名家，在全国诗词大赛中多次夺魁。去年中华诗词学会组织的第三届华夏诗词大赛，十名一等奖中，新疆就占了四名，得到了全国广大诗友的高度赞许。尽管新疆在传承和弘扬中华诗词方面，做了大量的工作，也取得了很大的成绩，但必须清醒地看到，与内地省区相比，无论是从会员人数、诗词队伍素质，还是诗作水平，都还有一定的差距。缩小差距，迎头赶上，是时代赋予我们这一代人的历史使命。我们应在三个方面下功夫：

一、努力培养诗词人才，不断发展壮大诗词队伍。物质产品和精神产品，是两个不同的范畴。精神产品要用形象思维，要有亲身感受，要有真情实感。传承和弘扬中华诗词是一个系统工程，需要做方方面面的工作，关键是要提高全民对中华诗词是中华民族传统文化精髓的认同，形成共识，大张旗鼓地宣传和呼吁。振兴中华诗词是建设社会主义精神文明的重要组成部分，是激励和提高民族精神、民族感情的重要途径，以形成一种强大的舆论氛围，最终落实到建设一支庞大的诗词队伍上来。要吸收方方面面的人才参加，不仅要有专家、学者、知识分子参加，还要有工人、农民、军人参加，尤其要有青年学生参加和少数民族参加，这样我们的诗词事业才能发扬光大，后继有人。

二、传统诗词要紧跟时代、适应时代，走向生活、走向大众。这是中华诗词能否传承、能否发扬光大的根本问题。传统诗词是一门高雅艺术，但任何高雅艺术都必须植根于群众之中，紧跟时代，有鲜明的时代精神，随时代进步而进步，随时代发展而发展。深入实际，吸收新的养料、新的思想、新的语言、新的感情，才能创作出思想性、艺术性高度统一的、生活气息浓厚的、群众喜闻乐见通俗易懂的作品来，才能使中华诗词这朵中华民族传统文化中的奇葩，根深叶茂，经久不衰。要紧跟时代，就必须改革创新。诗文随世运，无日不趋新。创新是一个国家的灵魂，也是传统诗词传承发展的灵魂。我们必须牢牢把握改革创新的大方向，坚持在继承中改革，在改革中创新。运用自己手中的笔，创作出既继承了传统，又充满了时代精神的作品来，使广大人民群众看到传统诗词的无穷艺术魅力。

三、坚持以写新疆为主，突出西域特色。地域有特色、作品有特征、诗人有个性，才能体现作品内容、风格、手法的多样性。才能使作品富有生活气息、富有新意、富有活力，使人爱看耐看。历史上曾有浪漫主义诗人和现实主义诗人之分，有豪放派和婉约派之分，还有其他诗派之分等等。真可谓群星争艳，高手如林，各有千秋。其实质所讲的就是诗人的个性和作品的风格。我们工作和生活在新疆，应该说最了解新疆，最熟悉新疆，作为诗人，有责任把新疆的特色写出来，呈献给全国广大的读者。我们虽然已初步形成了以雄浑壮阔为主调的天山诗派，但真正称得上天山诗派，作品有个性、有风格，为数尚少。悟已往之不谏，知来者之可追。我们应当加倍努力，以只争朝夕的精神为初步形成的天山诗派在全国叫响增光添彩，以不辜负全国诗友的殷切期待。

王爱山

2011年4月8日

编辑说明

一　本编收录范围为中华人民共和国成立后，亦即1949年至2010年间所创作的作品。

二　本编收录的作者必须具备以下条件之一：一是出生在新疆者；二是在新疆生活、工作多年者；三是新疆诗词学会的成员或是新疆生产建设兵团诗词楹联家协会的成员。

三　本编所收为传统的诗、词、曲。今日散曲之创作，已无演唱的可能，故而只标曲牌，不标宫调。

四　编次以作者姓氏的笔划为序。作者简介只刊载姓名、生卒年、性别(男不标)、民族(汉族不标)、籍贯、职称、现任或离任前的主要行政职务、所在诗词组织及所任职务、主要诗词著作等。对其诗词创作成就不予评论或评价。有些简介缺项，是因为无考或是不便标示。

五　入编作品的编辑顺序一般为：古体诗、近体诗、词、曲。

六　每位作者所选录的作品不超过20首。

七　在选录作品标准的掌握上，坚持思想性和艺术性的统一，既要合律，又要有一定的诗味。

八　对有些不合律的作品，或修改或做一些变通处理。对于有些注释，凡是删除后不影响原诗理解的，均予删除。

九　在声韵的使用上，坚持贯彻中华诗词学会“双轨并行”的方针，可以用“平水韵”和“词林正韵”，也可以用现代新韵；但是不能用方言押韵，也不能在一首作品中新旧韵混用。

目 录

丁巴图

1972 年生，蒙古族，新疆乌苏人。曾在新疆生产建设兵团农四师 64 团中学等地工作。新疆诗词学会会员。

冬日离乌赴伊宁值雪

日暮登程别故园，好风送我到边关。
青春不让等闲度，六出奇花带笑看。

伊宁小住

忆昨乌垣困俗尘，眼前光景一番新。
清渠丽日常相伴，小住花城亦可人。

郊　游

路回千百度，随意画图开。
绿树擦身过，青山扑面来。
骋怀原野阔，得句夕阳催。
回首深庭院，十年在学斋。

题新建雅园永乐轩

晴翠横铺侵古道，小园一点系春风。
朝看博岭千秋雪，暮对龙沙万里空。

采桑子·夜雨惊梦闻沙枣花香袭人

雨声别有三分意，断续含情，轻扣窗棂，枕上寻诗句未成。　　晴空如洗纤尘净，晓梦初醒，小院风清，沙枣花开闻异馨。

唐多令·冬日见新月感怀

独坐卷帘钩，风霜欲白头。梦回乡，争奈无筹。酒后不知心未醒，滴滴泪，向东流。　　辗转几经秋，飘零似小舟，悄无人，望月西楼。纵把玉梳来对镜，理不顺，许多愁。

如梦令·春暮

闻道昨宵春去，借问何方息步？把酒咒东风，满眼落红飞絮。谁赋，谁赋，留得一春佳句。

丁维才

1950年生，甘肃临洮人。曾任吐鲁番地委老干局副局长。吐鲁番地区诗词协会会长、新疆诗词学会五届理事，著有《葡萄绿韵》诗集（与友人合著）。

春 柳

春风剪就瘦腰柔，紫燕衔泥歇上头。
道是多情三月里，河边弄影照含羞。

贺新疆诗词学会成立二十周年

春雨秋阳二十年，群贤策马举吟鞭。
诗潮涤洁天山月，豪气催开大漠烟。
心底存真营妙境，笔端扬善涌灵泉。
煮成醇酒昆仑载，云饮风斟醉碧天。

天路吟

沉沉铁道上昆仑，越岭翻山抹冷云。
雪域高原睁睡眼，文成公主捧金樽。
商通内地油茶暖，客旅拉萨情趣纯。
汽笛一声天路近，三江源处尽逢春。

火焰山

骇世惊天一火龙，蜿蜒潮海紫烟中。
三冬风暖燃沙碛，六夏云彤煮碧空。
名噪葡萄葱岭外，香飘瓜果玉关东。
高昌景物多奇妙，倚赖斯山造化功！

好事近·游交河故城

放眼望交河，岸柳浅溪融翠。风过危崖断处，有骚人陶醉。　　倚垣叩问当年事，美女正沉睡。无奈孑然身返，看斜阳西坠。

柳梢青·漫步人生

漫步人生，历经风雨，饱览阴晴。冷眼云霞，热心山水，不懈攀登。　　一身疲惫横生，激流处，轻舟小停。收拾诗笺，重调曲调，狂啸低鸣。

于钟珩

1942年生，甘肃天水人。退休前为乌鲁木齐市第九中学教师，现为中华诗词学会会员、新疆诗词学会副会长。

塞上早春

春风来塞外，杨柳最先知。
一夜潇潇雨，绿烟绕万枝。

春寒料峭见边城杏花渐开

节物近清明，寒潮犹凛冽。
天涯春讯晚，独赏杏花雪。

题赠白哈巴守卫国门之边防战士

斯世风雨骤，人间未太平。
熊罴休觊觎，塞上矗长城！

边城大雪感事

重阴垂大野，乱絮舞长空。
风撼窗前树，寒侵云外鸿。
诗思归淡远，物象尽朦胧。
偶向尘寰望，犹多螅蝂虫。

北疆新城布尔津写景

莫道此城小，美哉布尔津。
楼群连闹市，花树接芳茵。
浪涌长桥阔，车驰大道新。
盘雕舒健翮，晴宇碧无垠。

南疆杂咏十首选二

（一）

天界北南一线通，莽苍戈壁走长龙。
铁轮声撼星云动，洞穿天山百二峰。

（二）

十年结社梦昆仑，未睹昆仑石一痕。
此日开怀相对笑，摩天雪岭眼前奔！

【注】

据史书称，西王母之瑶池应在昆仑山上。

天　池

天池窈窕水云凉，林海风涛挟莽苍。
八骏遗踪何处觅，游人指点说周王。

赴晋途中见黄河东去口占礼赞

黄河九曲破鸿蒙，一泻波涛直向东。
峻岭重山难阻遏，长流万古挟雄风。

返疆途中车经乌鞘岭书感

乌鞘岭上雨云遮，动地雷声走列车。
筑路当年人在否，天涯何处寄身家？

庚寅且月赴哈密采风途中作

暑气冲腾大火流，吟俦联袂下伊州。
征轮犹碾汉唐土，戈壁远收天地头。
频啜酽茶消困顿，只凭稗史说王侯。
沙尘骤起风云暗，不见层霄白玉楼。

风雪暮归偶成

风雪载途携暮归，寒流凛冽透重衣。
溟濛天地迷人迹，苍莽乾坤换岁时。
扑面梨花牵旧梦，横胸奇气铸新词。
不堪回首当年事，负我青青两鬓丝。

塞上怀古,时居乌垣

独立危楼思悄然，夕阳红处起苍烟。
天山雄峙千秋雪，瀚海谁开万亩田？
风雨伊江悲谪戍[①]，湖湘上将忆筹边[②]。
古今过客知多少，留待儿孙判佞贤。

【注】

① 林则徐因禁烟获罪,谪戍新疆伊犁。

② 清光绪二年(1876年）左宗棠率大军荡平阿古柏入侵军,收复失地。

初游喀纳斯

此游如醉叹雄奇，奇境流连喀纳斯。
宝镜光寒谁照影？雪峰晴暖我来时。
风驰林莽奔群马，浪拍崎崖奏妙丝。
真赏水云人有几？依依别后惹相思。

赴阿勒泰途中

何须更唱大江东，绝域风光自不同。
遏日雪峰寒太古，飞沙荒漠卷遥空。
风回林莽涛声壮，诗写烽烟胆气雄。
漫道人生多扰攘，高情犹可薄苍穹。

八声甘州·塞垣秋意

正金风吹度玉门关，雁阵唳轻寒。望雪峰耸峙，龙沙苍莽，流水潺湲。眼底疏林黄叶，摇落碧云天。塞外秋光好，著我流连。　　回首尘封岁月，记纷纭和战，玉帛烽烟。叹血殷战垒，鼓角撼天山。说兴亡，成王败寇；听驼铃，摇梦越雄边。清平世，月圆花好，百族骈阗。

念奴娇

甲申秋月，新疆诗词学会同仁有阿勒泰采风之行，世广以张于湖念奴娇词韵填词一阕纪游，余援其例，亦赋此调。

轻车电掣，越苍莽，来赏阿山秋色。青绿丹黄，凭造物，染透露林木叶。鬓掠西风，眉沾白露，戎幕晓寒彻。振衣峭壁，更将奇境指说。　　极目浩渺神湖，峻峰环立，披戴洪荒雪。沧海扬尘天地老，惊见如斯雄阔！碧玉澄波，斑斓胜境，笑揖钓鳌客。依依归去，芸窗长忆朝夕。

金缕曲·天池记游

策杖登山去。载晨光、投闲领略，天池佳趣。雪岭飞寒幽谷冷，石壑惊湍奔注；笼树海，丹霞翠雾。细浪鳞鳞云影淡，恰一池碧玉凝终古。知穆满[①]，醉何处？　　流光荏苒心酸苦。漫思量，半生风雨，几多凄楚！销减豪情霜鬓老，忍把青山辜负；纵抖擞，蹉跎难补。此日盎临朝气爽，豁胸襟迈向崎岖路。披草莽，莫回顾。

【注】

① 穆满，即周穆王姬满，史书记载其曾以八骏驾车会见西王母于天池。

八声甘州·乙丑冬月赴奇台途中感事怀古

驾轻车访酒古城边，酒气透苍冥。正雪飞瀚海，冰封畎亩，寒彻北庭[①]。堪喜晴曦初照，暖意洒前程。谈笑传云外，旷野无声。　　重踏汉唐故地，问千秋青史，几度枯荣？想金戈铁马，争战任纵横。渺烽烟，星移斗转；海扬尘，世相遣人惊。天山远，玉龙腾跃，光射双睛。

【注】

① 奇台地属唐北庭都护府治地域。

于鸿博

1935 年生，陕西华阴人。新疆纺织集团公司七一织布厂原厂长、第三棉纺织厂原党委书记。现为乌鲁木齐市水磨沟区诗书画艺术协会会长、新疆诗词学会五届理事。

戈壁随想

绿水青山陈锦绣，残垣断壁载流连。
诗情画意流天地，戈壁风情贵自然。

水磨沟公园

玉宇琼楼拥青山，碧树繁花缀其间。
一道清泉流日夜，八方游客度休闲。
吟眸水磨小亭东，意境风姿各不同。
往昔公侯游宴处，今朝百姓笑春风。

游海南缅怀苏轼

明珠一颗耀天边，海角天涯咫尺间。
安得白云情谊重，恭迎迁客返家园。

西江月·科技之光

焰火星空瑰丽，京都奥运非凡。鸟巢脚印舞翩跹，国色礼花争艳。　　五彩花团锦簇，银辉瀑布高悬。群鸽展翅俯人寰，金碧辉煌盛典。

西江月·喀纳斯湖三湾

神秘天然灵性，纯真质朴谜团。诗情画意赏三湾，一路遐思无限。　　云雾萦缭仙境，翠龙静卧河边。月中脚印缀其间，任你神游梦幻。

西江月·那拉提草原

草场森林雪岭，峰峦沟壑冰川。巩河宛转入云端，一幅长廊画卷。　　远眺群山戴帽，眼前流水潺潺。清凉世界度幽闲，边塞风光无限。

于聚民

1937年生，陕西蓝田人。新疆维吾尔自治区社会主义学院原副院长，退休后系新疆诗词学会顾问。

读《昆仑诗词》感赋

一卷昆仑置案头，延河夜梦泛渔舟。
当年学子今何在，云锦篇篇送晚秋。

端午节有感

世事苍黄史自公，长江滚滚水流东。
怀王宫殿沉沙土，千古离骚人意中。

忆秦娥·看电视剧《孔繁森》

哭英烈，魂归阙里痛星月。痛星月，冰峰流泪，大河声咽。　　献身雪域民心悦，苍天不佑真豪杰。真豪杰，银屏重现，汗青新页。

万忠君

1968 年生，女，新疆石河子人，曾在石河子八一棉纺厂工作。新疆诗词学会、兵团诗联家协会及石河子诗词学会会员。

卖花声·新城春

纤指抚琴弦，喜上眉端。春风十二倚栏干。但看东君无限好，绿满千山。　得意且须欢，莫负华年。从容歌舞共流连。春去春来人不老，兴致依然。

浪淘沙·忆旧

飞絮河洲，柳系离愁。芳菲铺处旧曾游。泪水化为江水去，几度空流。　终日凭疑眸，徒羡雎鸠。桥横月影又如钩。岸草年年荣又槁，雾锁重楼。

江城子·梅

北方犹自满冰霜，白茫茫，正凄凉。寂寞无人，独自立南墙。疏影横斜时映月，香阵阵，压群芳。　　清寒玉女懒贪香，俏红妆，断人肠。几度凋残，飘落怨清商。梦里江南隔万水，明月夜，却思量。

江城子

天涯望尽路茫茫，几愁肠，落残阳。万里晴川，处处见牛羊。夜晚归来花冷落，愁对月，弄清商。　　何多骊曲久珍藏，夜初凉，暗心伤。历尽沧桑，深恨斗难量。不晓明年花发日，谁共数，雁行行。

万拴成

1937年生，河北无极人。曾在新疆兵团任高中、中专、大学教师37年，现为中华诗词学会理事、新疆兵团诗联家协会副主席。

留别昆仑诗友

十五出阳关，大漠看孤烟。白发归燕赵，老泪别天山。天山北麓龙虎地，水分九派曾灌园。回首一望北庭路，三分酸楚七分甜。十年沥心勤读苦，雪夜萤窗书卷寒。画饼充饥冬筑路，望梅止渴夏收田。红羊一劫斯文尽，书焚砚碎心凄然。赖有骏骨瘦有棱，一腔热血育芝兰。绿洲一望千里翠，亘古洪荒展大观。琼楼座座排云起，有我砌墙一块砖。云舒卷，水波澜，大漠飞沙凋朱颜。阅尽边关风云色，推心膜拜竹林贤。慷慨昆仑诸诗友，敲诗斗韵共盘桓：瑶池翠袖舞毡帐，碧波朗月映诗笺；中秋北湖观鱼跃，银辉笑语满游船；昌乐胜景角黍美，一樽清酿祭屈原；朝阳阁畔聚诗杰，高岑豪气欲冲天；更有红湖饯别饶深意①，慰我心潮澎湃忆少年；诗唱歌呼颜欲醉，厚意深情暖心间。今别矣！老来忽觉燕山景物新，携将天山月色入京门。高揖轮台东门诗酒客，举杯勿忘京华肠断人！

【注】

① 临别之际，凌朝祥兄特邀昆仑诗友于我母校新疆大学之红湖酒店为我饯行，我深感焉。

昌乐胜境五咏

江南水乡

曲廊迤逦接亭栏，傍岸春舫染柳烟。
竹树参差云外赏，芝兰馥郁槛前观。
绿如西子水偏巧，娇比蠡湖荷更妍。
何用买舟飞九派，敲诗月夜此盘桓。

文昌春馆

杨柳依依舞水湾，飞檐高喙啄云天。
曲廊随意飞香墨，水榭虚心鼓玉弦。
雅韵悠悠传浩气，丹青沥沥写忠肝。
我思赁屋依春馆，明月清风拜世贤。

丹峰塔影

丹壁嶙峋夕照红，巧安玉塔欲凌空。
千旋曲径萦花树，九叠飞泉挂彩虹。
竹影笼桥轻渺渺，镜波映月碧溶溶。
谁人力比夸娥氏，赴海搬来灵鹫峰。

九溪流韵

清溪九曲漫轻烟，溅玉鸣珠抚雅弦。
修竹时摇骚客影，惠风偶揭楚魂篇。
遥闻楼榭歌昌乐，近递亭廊话久安。
最喜流觞诗斗罢，红莲白鹤任流连。

福乐歌台

巴郎笳鼓起歌台，引我情豪踏月来。
卡姆妙音传古韵，胡旋翠袖动吟怀。
莺藏碧树偷声巧，鱼跃明湖舞翅开。
柳绿花红福乐场，夜阑户户唤人回。

玉蝴蝶·谒王震将军铜像

谁塑将军金像？松扶花护，影照青苍。征尘未弹，先自踏勘荒凉。任青骢，扬蹄奋鬣，依然是，长啸沙场。更连营，雄兵十万，握镐持枪。　　辉煌！南追穷寇，西剿顽匪，屯戍边疆。带甲犁田，转眸戈壁献棉粮。露营地，琼楼叠起；饮马川，瓜果飘香。待黄昏，游人如织，歌醉斜阳。

摸鱼儿·军垦第一犁铜像

喜春来，雪融冰化，一犁界破千古。苇湖荒碛人初动，惊起黄羊狐兔。无暇顾。正掀卷，层层泥浪尘尘雾。汗流如注。况荆棘丛生，披星戴月，血滴新新土。　　千秋业，分秒休停脚步。尚多余勇可沽。将军战士天山麓，共挽犁绳一束。愁日暮。纷纷道，蚊叮蛇咬鼠钻裤。拉犁不误。待烽火台边，麦翻金浪，看我银镰舞！

贺新郎·军垦第一井

四海拓荒女，越千山、抛家别舍，地窝居住。新井绠汲深泉水，荡起满天笑语。清清亮、甜如故土。旋砍梭梭红柳棵，拌野蒿麦粒和盐煮。星月下，萤飞舞。　　浣衣井畔说风雨。最惊心、飞沙走石，归途迷路。夜望马灯梢头挂，昼听收工锣鼓。犹误入、芦花深处。辗转迷离寻旧径，蓦然见饿狼蹲如虎。屯垦梦，香如故。

水调歌头·军垦第一城石河子

楼共云同影，车借果流香。浓阴蔽路，任是炎夏也清凉。南傍青山松桧，北枕碧湖鱼浪，海市现西疆。灯火清风夜，踏月乐徜徉。　　鸟乐园，花世界，树海洋。泉喷七彩，且伴歌舞奏清商。情暖五湖倦客，酒奉宾朋万国，迤逦过吾邦。畴昔洪荒地，今日米粮仓。

八声甘州·谒周总理纪念碑

对苍苍暮色染平畴，丰碑入高云。看花红绿野，松青紫陌，独吊公魂。手撷芳兰一束，聊胜酒盈樽。华发当年客，幽思纷纷。　　犹记清风林樾，送数声细语，塞外生春。问淙淙渠水，谈笑可曾闻？孰能忘、安邦定国，遍寰中、万众仰昆仑。抬望眼，正星天远，皓月如轮。

满庭芳·登红山

湖映丹峰，松扶玉像，巍巍宝塔摩云。登楼远眺，满目尽缤纷。风递花香细细，更莺语斗韵调唇。华亭畔，游人如织，谈笑对清樽。　　销魂！想畴昔，童山秃岭，疏草荒榛。众年少，坑挖巧似龙鳞。镇日耕云播绿，五十载、碧树连阴。凭谁问，拂天榆柳，可识育苗人？

水调歌头·登北湖飞龙阁

塞外中秋会，携手上高楼。北湖天水一碧，点点数轻鸥。四望银棉铺絮，千顷金禾掀浪，秋色染田畴。借问南飞雁，何似驻芦洲？　云淡淡，波淼淼，兴悠悠。文朋诗侣，娴雅销尽古今愁。蘸取西天霞绮，化作笔端五彩，歌赋逞风流。明月清风夜，把酒醉兰舟。

满庭芳·新疆大学红湖

芳院华亭，桐阴柳陌，依稀旧日遗踪。风流文采，似水已流东。纵使苍苍古柏，应不识白发山翁。算只有高天丽日，无语对花红。　当初何等傻，青春年少，烟雨迷濛。最堪恨，疏狂辜负前盟。何事魂牵梦绕？红湖畔曾照惊鸿。难回首，离怀别苦，都付酒樽中。

风敲竹·南京谒雨花台方孝孺墓

万里寻君墓。遵神道，苍松掩映，竹林深处。车裂市曹尸难保，可瘗铮铮硬骨？更谁料，株连十族！纵是忠言难顺耳，竟不思，诤谏心良苦。抚铭碣，默无语。　　千秋我向苍天诉：却为何，嬴秦明世，学人遭辱？灭尽天下读书种，于国于民何补？保皇座，难凭刀斧。殉道杀身成惯例，枉叹息，数也何能数！思往事，泪如雨。

风敲竹·谒辛弃疾祠

圣殿当何处？万里来、寻寻觅觅，明湖花路。虎目千年仍炯炯，无奈木栏关护。况蛛网黄尘密布。缓步空庭闻啼鸟，漫浏览四壁千秋赋。对孤影，默无语。　　古来雄杰身多误。任当年、金戈铁马，放山入库。徒有长缨缚龙手，寂寞百年谁诉？不忍见故园异土。万字洋洋平戎策，只换来学种云山树。雕墙外，船争渡。

望海潮·登桂林独秀峰寄亚平

奇峰拔地，擎天一柱，峣峣独秀天南。长草虬松，堆苍叠翠，螺登昂首云天。绮画看河山。迢递花供眼，缥缈晴岚。一水飞虹桥外，萦纡灌万田。　　孤高阅尽纷繁。正马龙车水，花绿人间。倚翠偎红，邀名逐利，何妨冷眼闲观。孜孜赋诗篇。赖有芝兰盛，香满池园。目断漓江雪浪，千里送风帆。

贺新郎·少年强者洪战辉

年少谁堪比！叹双亲、或离或病，独撑家计。叫卖声中遭白眼，独自吞声掩涕。正日日愁衣愁米。纵欲村头成一哭，奈家中弟妹待人理。千斤担，勇挑起。　　一鞭双节增豪气。慕嵩高、长松劲柏，傲霜凝碧。拔拳何惜伤一眼，岂容尊严扫地！携小妹、读书城里：学海涛深拼一搏，任心旌猎猎摇云际。明日梦，应美丽。

贺新郎·"伟大的孤独者"王顺友

漫漫邮差路。任经年、谷深岭险，冰霜雨露。匹马孤身二十载，历尽风欺浪辱。更何问蟒窥狼顾。深绿邮包融山色，重千斤、情系烟村处。伤病日，等闲度。　　马缰一握牵万绪。最难忘、千家热盼，乡长重咐[①]。露宿风餐星月下，卧听虫歌蛙鼓。只老马静听心语。浊酒一咂添豪气，亮歌喉，惊落千山雨。肩重任，不言苦。

【注】

① 乡长曾对王顺友说："你的工作虽然不是惊天动地，但白碉乡离不开你。因为你是我们乡唯一对外的联络员，是党和政府的代表。藏民们有一月看不见你，他们就会说：党和政府不管我们了。你来了，他们就觉得党和政府一直在关心着他们。"

马　旭

1963年生，甘肃陇西县人。新疆阿克苏教育学院教师。新疆诗词学会四届理事。

咏婴宁

嗤嗤笑语见纯情，手把梅花细步行。
缱绻婴宁全不晓，冰心一片最晶莹。

天山林场山道中

蜿蜒山道少车停，四顾苍茫野草青。
巨石路边多伫立，说诗云卷伴花馨。

库车小龙池即景

天宫宝镜落龟兹，嵌入深山人未知。
映照蓝天和绿水，风光旖旎似天池。

库车红山石林一瞥

龟兹十万山奇特，色彩鲜明似火燃。
王母胭脂遗此处，染红山脉映红天。

阿拉尔秋夜

月出风生瀚海凉，秋高气爽果飘香。
胡杨萧瑟声低响，宿鸟啁啾梦远翔。
遥望棉田花簇白，近看稻谷穗摇黄。
疏星似与人相语，赋罢新诗夜未央。

莺啼序·访龟兹古国

茫茫漠风正猛，望荒沙漫漫。找归路，来到龟兹，看旧时古城晚。点灯火，银花灿烂，风情杳渺王宫苑。念当年，歌舞升平，艺林发展。　　往事如烟，壁画永驻，让游人忘返。有多少，精美佳品，世人惊叹评断。居山中，佛光普照，避纷扰，红尘心远。守韶光，轻把斜阳，赋唐风赞。　　山山水水，莽莽苍苍，找寻古国殿。土淹没，只留遗址，叫后人迷，历史烟云，有谁能纂？今朝喜看，新颜频换，高楼林立城区大，愿龟兹，百姓安康伴。沧桑巨变，开怀畅诵诗篇，尽歌雅韵新传。　　秋风一到，水果飘香，盼望佳节宴。四海客，同来齐聚，共睹风情，赏鉴天山，写新书卷。徜徉塞外，心胸宽广，蓝天沙海人渺小，问人生，功业何时建？千年新纪元中，大展宏图，换来璀璨。

虞美人·塞上送别友人

清晨布谷三声静，美梦方惊醒。迎来旭日满窗帘，花落悄然无语诉甘甜。　　春秋两载诗书伴，气正心慈善。别离何日再相逢？只待漠风来去送飞鸿。

莺啼序·颂歌献给塔里木

春光惹人尽醉，望河边两岸。燕来早，飞入农家，诉说新貌刚换。绿洲美，莺歌塞外，如今矗立高楼见。乐开怀，军垦辉煌，永留书卷。　　漫忆当年，十万将士，出天山似箭。像雷磅，轰碎图谋，铲除分裂鹰犬。退寒潮，风和日丽，戍边始，荒原河畔。柳成林，千里田畴，稻花香满。　　金风送爽，硕果枝红，喜收获耀眼。引四海、五湖关注，热血知青，响应纷纷，把青春献。披荆斩棘，开渠修路，千般辛苦何曾惧，建兵团，发白都无怨。丹心碧血，终身子女全捐，换来瀚海花绽。　　沧桑巨变，景色宜人，看绿洲夜晚。点万盏、华灯齐放，笑唱昊歌，起舞翩跹，幸福夸赞。新城崛起，工商林牧，繁荣昌盛兴百业，志昂扬，戈壁春无限。明朝千里边云，绚烂纷呈，把前景展。

马　森

1919 年生，山西人。新疆军区原副司令员，新疆诗词学会一、二届顾问。

丝路火州

火焰山头闪赤光，骄阳如炽灼高昌。
清清坎井甘泉水，滋润东湖瓜果香。

颂西线战士

戎装奋进戍昆仑，喜看西陲日日新。
奉献青春忘我者，年年昼夜察风云。

马千希

1921 年生，字敬尧，号雪樵，重庆忠县人。四川大学毕业，高级教师。中华诗词学会会员、新疆诗词学会顾问、原哈密地区诗词学会会长、《哈密诗词》主编，著有《春雪轩吟草》。

天山冰场看滑冰

隆冬驱车松树塘，冰峰晶莹挂寒阳。
银宫玉树琉璃坂，平川粉镜彻骨光。
忽出几对彩燕飞，慢翔低舞混翠微。
雪光点地留花色，展翅翘尾任低徊。
忽如劲弓弦离箭，一线雏鸾各逞威。
争前恐后参差紧，的卢赤兔赶乌骓。
飞电过隙山树倒，沙暴山谷飙风吹。
凝神努目气不舒，瑞鹤漩立如彩菇。
腾身回环陀螺转，裙飞如盘雷掌呼。
并蒂莲搭鸳鸯颈，比翼凤偎沙上凫。
跳弹牡丹频升落，招展芙蓉出水初。
芭蕾舞姿饶风趣，健美怡人意气苏。
山水于我皆有情，先赐福祉耳目新。
技艺精湛竟如此，时泰民安出后昆。

葡萄院落

架挂珊瑚串，盘堆玛瑙球。
奇香透重壁，玉液润枯喉。
陌上歌声脆，园中笑语稠。
伊谁一声笛，吹绿半城秋。

谢欧阳公赠《焚馀草》

馀草尚如此，已焚当更精。
雕龙抒素抱，绣虎启尘心。
楚子亦愁客，蜀囚何足论？
旷怀求寿考，莫问叶黄青。

竹　吟

蓬茸翡翠舞芳郊，欲趁东风窥九霄。
羞与梅兰比香艳，敢同桃李较低高。
为添雅意年年绿，谨献清和夜夜萧。
揉削编雕任君用，勿随刺棘作柴烧。

伊犁河大桥怀古

登桥四望漫云烟，遥想乌孙立国年。
燮理膏腴论昆莫，凿空悬度数张骞。
将军天马阳关近，公主穹庐汉月圆。
浩浩江流长不息，而今旧域赋新篇。

赛里木湖小憩

乳海明湖清且长[①]，无风自浪泛蓝光。
远山立壁浮青翠，近岸流霞罩紫黄。
弋艇横拖千顷雪，拾珉乱溅一身霜。
银鹅戏逐玻璃水，暂瞥丰神梦永香。

【注】

① 赛里木湖古称乳海。

谢友人约游赤壁

一念乌台不识秋，千年凉月照窗头。
吟诗屡洒黄州泪，抱恨难成赤壁游。
野鹤乱云江汉道，孤帆恶浪海南舟。
平生企慕小康日，归里魂兮足展眸。

春　怀

市隐余生亦大难，清心自守地天宽。
燃藜论道嘲龙悔，扪虱谈经诫鹊欢。
涧底苍松持晚节，胸中铁甲息微澜。
镜花园里人皆笑，怀璧临风令胆寒。

丹凤吟·秋日登天山

雨后斜阳风嫩，柳絮频飞，金秋时节。登高遥望，云绕碧峤奇绝。苍山如海，银峰挺秀；绿雾空蒙，寒泉清冽。若遇狂飘奔石，玉垒峥嵘，当此宜赏飞雪。　　自古边陲重地，几多儿女曾驱策。细数张班辈，屡临权樽俎，千载雄杰。层峦丛嶂，关塞凛然如铁。北国襟喉，陈彀弩，管蛇熊无越。览兹胜景，胸际腾挚热。

马文通

1927年生，山东龙口人。早年参加中国人民解放军，曾任新疆伊犁军分区副参谋长。新疆诗词学会会员。

红　山

秀木葱茏石径斜，楼亭掩映绿交加。
凌空塔影微茫里，乘兴登临赏翠霞。

伊犁河畔

隐隐飞桥乱紫烟，忽闻对岸妙歌传。
悠扬婉转如流水，燕舞莺啼人哪边？

秋　夜

月色溶溶漾柳塘，低回曲径觉微霜。
秋虫唧唧相思曲，满院芬芳散桂香。

题画梅

冰雪霜风造此身，羞同桃李竞芳芬。
水边清浅琴三弄，冷月幽香第一春。

怀念屈原

未悟君王痛国殇，诗人饮恨汨罗江。
离骚一曲传千古，哀些魂归道路长。

任晨老见赠大著《痕迹》敬成四绝奉题　选二

（一）

枪林弹雨忆征程，卸却戎装事笔耕。
激励后生殷寄望，银灯照影夜三更。

（二）

叱咤风云一少年，雄边赢得鬓毛斑。
樽前快话平生事，北战南征只等闲。

游清音阁

名山古刹出清音，悦耳悠扬似抚琴。
二水潺潺亭侧过，合流珠落击牛心[①]。

【注】

① 清音阁前有黑白二溪，汇流于牛心石。

马永慎

1912 年生，甘肃天水人。新疆“九·二五”起义将领，曾在新疆生产建设兵团工作 20 多年；现任天水市政协委员。中华诗词学会理事、甘肃诗词学会顾问，著有《晚霁楼诗稿》。

冬夜怀新疆

簪笔投荒记壮游，边城风雪几春秋。
销残青鬓添华发，脱去戎衣换褐裘。
陇水桑榆惜晚景，天山昏晓梦心头。
沉沉夜漏人不寐，银汉无声泻斗牛。

新疆生产建设兵团建制恢复感赋

一战泾原关陇收，红旗飞卷玉关头。
九州紫气移星斗，十万衰兵弃兜鍪。
解甲屯田披草莽，荷戈牧马成金瓯。
卅年寒暑怀辛苦，瀚海而今变绿洲。
戈壁无垠准噶盟，垦荒我亦忝新兵。
穿冰筑堰初春灌，带露扶犁破晓耕。
十载横眉看彗宿，三冬瑟颈卧牛棚。
浮光掠过心头影，触动天山万里情。

高阳台·别新疆返里十载怆然有感

风雪昆仑，桑榆陇坂，十年梦绕天山。换却征衣，迎来霜鬓衰颜。江山处处留人恋，只今朝，分外娇妍。爱凭栏，雨过天晴，锦簇花园。　当年榛莽丛生处，记霜天晓角，雨夜庐毡。筑堰穿冰，茫茫千里荒原。流光负我匆匆去，影迷离，往事如烟。勉加餐，书卷生涯，翰墨因缘。

马昌绩

1929-1992年，重庆万县人。新疆生产建设兵团农二师进修学校高级教师。新疆诗词学会会员。

题《巴州画册》留别王野苹先生

开都河水上通天，斫冰融雪纳百川。尽倾博湖波潋滟，尾闾犹冲铁门关。铁关大坝峡谷起，如龙象力扼惊湍。勒令一湾功德水，化作甘露滋人寰。豁然开朗见绿野，阡陌纵横绘林园。总渠昨夜初开闸，平地百道飞来泉。春日梨云光璀璨，秋风金果荐玉盘。清夏瑞香何馥郁，冰峰绝艳出雪莲。此情此景尽亲历，恍然如梦复如烟。先生何从得此本，径欲摩挲瓷赏观。君不见博克其湖沮洳地，钝翁卜居二十年。山河冷落大灾后，村舍寂寥史无前。剥极必复穷思变，百堵俱兴指顾间。河渠林网似界画，重楼叠户自俨然。手植榆杨三千本，绿荫大地风飘绵。玫瑰怒放鸟声碎，垂虹小桥何娟娟。乌托邦渺华胥远，只此即是武陵源。是处红雨随流水，何必天台访神仙。嗟余老病予告去，梦魂长驻留无缘。敬题此画深致意，瀚海故人休为我赋大招篇！

公主坟

绝顶高丘处，埋忧公主阡。
红颜辟瑰玉，白首矢屯邅。
泪尽无情水，魂归离恨天。
凄凉思昨日，一顾一潸然。

饮酒,拟白香山

何处难忘酒，边疆逢故人。
昔年英俊士，今日病残身。
历劫丹心故，频磨宝剑新。
此时无一盏，恐负艳阳春。

老马吟

我谓房星事，休存在昔心。
老驽徒志壮，故国正春深。
归去桃花野，徜徉岩壑阴。
犹堪相慰藉，有骨值千金。

重返母校二首，用王荆公题西太乙壁韵

自幼读书剑外，华年浪迹东西。
今日重寻昨梦，故人门巷都迷。
万里游思未竟，三杯醇酿初酣。
若得渔樵故里，何须劳梦江南。

南歌子·病中作

病久伤拘束，老来恋晚晴。药香茶热过清明。梦里碧空一羽杳然轻。　远志依然在，文章愧不成。遥观庭树缀红英。还拟明朝再作踏莎行。

水调歌头·乘轮入峡至家

此地尚冰雪，南国自芳春。芒鞋奔走天下，思绕绿杨村。今日楼船归去，再睹巫山神女，飞瀑间行云。窈窕浮图影，无语黯伤神。　台隍故，门巷旧，物华新。友朋惊喜相见，曾为赋招魂。两纪岁星别后，万绪千言难尽，未死得重论。频举金杯尽，灯烛白头人。

鹊桥仙

乡音犹是，故人仍在，非是令威归去。钟声涛韵记儿时，似伴我西窗夜语。　　天池曾泛，天山再度，颜带沙风漠雨。生还绝塞岂无因，更休怨匆匆萍聚。

马洁身

1944 年生，浙江绍兴人。石河子大学中文系党总支副书记。新疆诗词学会会员，新疆生产建设兵团诗联家协会、石河子诗词学会理事。

自长安赴西域途次

谈笑渭城雨，高歌起壮游。
为存凿空愿，不识玉关愁。
浩漠轻车过，长川一望收。
鸣鞭西出塞，岂作稻粱谋。

赠　别

把臂临歧未许愁，携将春色过中流。
好风伴我超尘去，浪迹犹追博望侯。

长安杂感

云淡秋凉入帝乡，汉唐烟雨事苍茫。
逡巡欲问陵前树，阅尽人间几夕阳。

兵马俑

重城百二叹秦关，渭水悠悠云自闲。
铁马雄师存土偶，荣枯把酒问苍山。

汉武墓

烈烈精魂若有知，西风石马忆当时。
拓边万里苍生泪，罪已轮台悔已迟。

绿　洲

清流缓缓绕芳汀，万树葱茏叠翠屏。
欲问客程知几许？绿杨深处响驼铃。
垂柳风轻弄晚晴，疏花带笑一枝横。
骑驴人过桥东去，手抚清弦共水声。

车过酒泉望长城怀霍去病

当闻勋业更无前，眼见残垣傍酒泉。
唯愿醇香醉千古，岂求锋镝似当年。
朔风败驿似秋草，落照平沙起野烟。
堪叹关河情最苦，浑然头白是祁连。

左公柳

不辞马革裹尸还，舁榇临边岂等闲。
御寇自当树长策，挽澜未敢卸刀环。
情寄碛路毵毵柳，望断征尘迭迭关。
伏枥壮心犹未了，一肩风雪渡天山。

满庭芳·巩乃斯林居山雨

一片轻云，三分烟霭，霎时林暗峰低。惹枝牵叶，欲去又依依。缱绻处，涨绿山溪。氤氲里，谁濡淡墨，任意染淋漓。　　幽栖，人寂寂，风檐淅沥，时叩柴扉。漫望断云霾，难遣幽思。忽忆毡房酒熟，宜倾榼，一醉闲时。疏篱外，板桥苔滑，深谷雾迷离。

浪淘沙·开都河畔春雨

堤岸柳斜斜，篱外疏花。葡萄架下野人家。昨夜雨浓如彩墨，泼遍天涯。　　细浪拂平沙，绿了蒹葭。偏将漠漠客程遮。一段乡情无写处，暗叹年华。

蓦山溪·访哈萨克毡房

青毡小小，宅外长松绕。篱落傍苍山，放眼处，遥天碧草。暖风柔雨，催绝壁山桃，呈窈窕。谁不道，此地春光好。　　从来好客，偏喜人相扰。有奶酒酽茶，兴阑时，清弦独抱。牧家儿女，红袖映轻纱，眉样俏。旋舞了，却掩山花笑。

马树康

1948年生，新疆乌鲁木齐人。新疆喀什地区政协工委秘书、新疆诗词学会理事、喀什诗词学会副会长，著有《百年喀什》。

达瓦昆湖赞

神工鬼斧退荒陬，胜地惊开大漠游。
深锁狂沙注碧水，广栽嫩柳育芳洲。

赠农民诗人祝玉亭

城外幽居绿柳间，犁翻土地笔耕田。
荷锄刈麦农桑好，扶笔敲诗翰墨妍。
草隐旧墀多雅趣，扉含新赋有名篇。
经霜砺雪啸才傲，老骥嘶风惊韵坛。

沁园春·巴楚行

携侣同游，沐浴春光，抬眼尉头。看苍茫大漠，丛丛古树；蜿蜒丝路，簇簇新楼。日艳云轻，禾香陌翠，高坝喷银润绿洲。凝眸处，见汉唐残垒，嬉水飞鸥。　　语亲肠热情投，叹巴楚吟友欢会稠。颂神州中兴，文抽丽锦，边陲长治，词溢芳遒。煮酒谈诗，烹茶叙谊，又伴弦音共唱酬。归途上，听骚人墨客，怒放歌喉。

金缕曲·观中央艺术团演出

塞上金秋美。贺佳节，首都来客，莅临塔水。携舞载歌同欢庆，艺苑精英荟萃。一缕缕，温馨飞坠。十里长街传喜讯，惹人流蜂拥成长队。夕照里赴盛会。　　今宵撩动群情沸。啭清喉，虽然旧曲，也催人醉。绰约风姿多明丽，别是一番趣味。看不尽，百千妩媚。身居西陲聆京韵，在昆仑之麓现珍卉，诗兴起，夜难寐。

金缕曲·南疆铁路通车喀什喜赋

戈壁琼楼到，看奔来，长车电掣，龙沙飞越。亘古荒原开新邑，更有轨迹是铁。极目望，直通京阙。筑就天涯幸福路，揽昆仑秀色融海舟。天地小，任人跃。　　百年旧梦难消歇。盼坦途，魂萦世纪，而今圆缺。万里彩虹连欧亚，霞映金瓯事业。宏图展，改革岁月。钢辙绿道涌客货，引商机崛起旅游热。兴经济，促团结。

浣溪沙·观英吉沙赛杏会

红杏盘堆万树间，绿洲深处人声喧，珠玑盈目谁状元？　　产业调优政策好，脱贫致富谋良端，果农怀里添新钱。

马春香

1948 年生，女，河北怀安人。在新疆生产建设兵团农二师纺织厂工作。巴州诗联学会常务理事，新疆诗词学会、兵团诗联协会会员。

鹧鸪天·忆军垦

红柳沙包罗布麻，开荒雄阵响军笳。火烧野草腾云雾，犁溅香泥卷浪花。　挥热汗、喝冰茶，地头餐饮佐风沙。今朝放眼当年地，千里绿洲美似霞。

鹧鹕天·忆军垦

大漠飞沙塔水寒，千军万马卷春澜。南修大坝夯歌起，北建新渠碧浪翻。　盐碱地，草泥滩，柳筐铁镐战冬寒。钢筋铁臂擒沙怪，汗洒西陲现绿原。

鹧鸪天·油田赞歌

铁塔巍巍耸绿洲，健儿奋战撼沙丘。钻机怒吼千年愿，井口狂喷百丈油。　凌雪雨，度春秋，餐沙宿野不言愁。茫茫大漠成油海，西气东输喜泪流。

王 坚

生年不详，江苏如东人。原任叶城县邮电局副局长。

库喀铁路

玉笛声扬上九霄，铁龙出塞助春潮。
辉煌再现丝绸路，又架亚欧大陆桥。

致喀什故旧

西望昆仑丝路遥，斑斓喀什涌春潮。
曾临黑孜杏桃集，又见红河杨柳条。
放听驼铃飘砾道，晨看北雁过重霄。
夕阳缱绻情难了，梦渡新成七里桥。
玉璧巍巍莽喀阍，沧桑几度镇风云。
中外纽带丝绸路，塞上情联壮士坟。
播却春华秋结实，驱驰大漠路留痕。
江东月色昆仑雪，共酩班侯后继人。

谒喀什盘橐城班超塑像

寒霜冷月几春秋，汉帜犹扬故垒楼。
跃马葱岭通丝路，飞舟赤水斩虏酋。
残垣断壁存唐韵，剑气诗风射斗牛。
唯得君侯常伫驾，匈奴焉敢犯中州。

青玉案·忆1959年叶城抗洪

石头桥下惊涛渡，系国脉，通邮路。三十九年寒与暑。大乌斯曼，少年旧侣，今夕归何处？　鬓丝缕缕韶华去，梦里寻踪千百度。欲问相思知几许？叶河流水，昆仑飞絮，杏儿红时雨。

王 彪

1942 年生，河北卢龙人。曾任博尔塔拉蒙古自治州党校副校长，高级讲师；现为新疆诗词学会会员、博州老年诗书画学会秘书长。

新疆四条铁路又开建

绿洲瀚海绽花枝，四大工程齐奠基。
电动机车双翅展，运输铁路众人期。
节能环保岂五日，雨露春风会有时。
西山东联仲腹地，燕腾胜景画中诗。

新疆巨变

作主当家五十年，开屏孔雀锦衣鲜。
文明鹊起重中重，科技腾飞天外天。
井架如林惊瀚海，荒原亘古沃良田。
方针既定小康建，再著华章三百篇。

百位老人咏长征

斗艳金秋气象新，百人合唱咏红军。
女声婉转相辉映，男领铿锵无与伦。
旋律和谐藏厚韵，指挥若定倍精神。
群星灿烂擎天柱，历史强音感万民。

王子钝

1903-1992年，名思容，天津杨柳青人。曾任新疆文史馆馆员、新疆佛教协会副会长。中华诗词学会和新疆诗词学会首届顾问，著有《一粟诗选》。

天山颂

西域有一人，嶙峋持大节。昂首出青云，当胸堆白雪。儿孙喜交游，九州广罗列。借问寿几何？苍茫无岁月。

雨后登博格达山

登彼博岳岭，苍霞弥宇宙。云散鹤声清，雨过千峰秀。攀岩双蜡屐，天风吹两袖。东望云渺渺，白絮生岩岫。西瞰水茫茫，碧崖悬飞溜。唯喜面瑶池，波光翻绿皱。伊谁荡轻舟，如鸥相去就。行行入山林，暮霭绕石窦。古刹启朱门，道人笑相遘。约我至禅房，高谈近夜漏。玉壶酌琼浆，祝我长椿寿。感此入仙乡，笑煞恺崇富。瞥见狂风起，卷去彤云厚。

旅途吟

长天为我被，大地为我褥。
一月照孤眠，千秋诗梦足。

春 柳

挹黄垂绿趁阳春，万缕千丝惹恨新。
记得清明烟雨里，离亭系马送行人。

为友人画葡萄图感赋

梦到三千与大千，如来向我说因缘。
修成舍利埋西域，化作葡萄粒粒圆。

乙未重九登红山十二首选三

（一）

慕效龙沙眺虎头，不同褉典问初秋。
高山流水知音少，白雪阳春吾道优。
风雨满城邠老句，茱萸此会少陵酬。
凌云骋目超千里，犹似前贤更上楼。

（二）

一上红山万象涵，吟怀俊逸客中谙。
七千里外秋重九，八十年华岁欠三。
凤岭寒烟迷翠霭，龙峰落日闪红岚。
桃源赢得西陲好，何必徒称吾道南。

（三）

树撼云轻菊绽黄，人生能度几重阳。
日沉蒙汜边声起，山近墉垣暮色凉。
浩劫从今归泡影，文游返古继灵光。
悠悠天地休悠忽，住久他乡即故乡。

雪　莲

五月天山雪未消，天山风定雪莲骄。
亭亭玉立呈瑶质，凛凛银装仰锦标。
雨露羞沾花裹面，淤泥不染叶围腰。
冒寒莫比袁安卧，溽暑应亲远市嚣。

王元西

1925-2010年，字云飞，河南潢川人。曾任中国人民解放军某部参谋、中学校长。伊犁诗词学会、新疆诗词学会会员。

夏　日

近郭浓阴满，远山如黛长。
燕肥梁上歇，莺老叶间藏。
好雨瓜先熟，当阳杏正黄。
薰风能解意，伴我作羲皇。

伊犁州老干部书画展观后

挥毫落纸走龙蛇，妙相丰神竞物华。
莫道秋深颜色少，老年书画有名家。

天池灵趣

雪影岚光映碧湖，参天云柏美仙都。
灵槎欲泛清风到，借问蟠桃熟也无？

东　行

五十年来塞上人，入川跨陇别昆仑。
飞车东驭八千里，欲钓五湖四海春。

告祭秋瑾女侠

剑花诗草两风流，一片丹心耀九州。
今日英灵应笑慰，百年风雨已消愁。

晚　晴

远征久戍玉关西，瀚海天山驻马蹄。
应是花开香万里，忘年未觉夕阳低。

赛里木湖

大柏高杉翠欲流，迎风草际出羊牛。
是谁镶此乾坤镜，云影天光眼底收。

车过咸阳怀古

泾渭分明水并流，阿房宫是一荒丘。
秦皇不解推移理，水可行舟也覆舟。

乌孙人家

塞上晴明日色鲜，带林碛草响羊鞭。
条田苗壮禾千顷，雪岭银流水一湾。
耕地铁牛描画巧，穿帘紫燕绕梁欢。
村童嬉笑鸡声远，绝徼春深别有天。

松柏吟

不惯盆栽爱野滋，摩云裹翠满情思。
经霜虬干迎霞举，浴雪蟠柯待鹤支。
鳞甲欲飞龙化日，栋梁试看器成时。
众芳摇落休嗟怨，自有擎天拔地姿。

黄　河

金波九曲自天流，动地涛声敢荡舟。
一度惊云兴海上，几番暗雨袭潮头。
涝洪古往徒生怨，战乱今休已解愁。
更喜澄清逢盛世，风光灿烂遍神州。

忆江南·西湖

西湖好，翡带绿杨骄。谁写双峰留玉笔，坐闻梅岭鼓虞韶。楼外酒帘挑。　　西湖好，韵事入弦箫。山水一时歌不尽，园亭十里画难描。柳荫驻兰桡。

武陵春·春宴

常住不知身是客，烟柳动乡情。昨日朱颜白发生，马瘦阻归程。　　集句当筵飞韵致，酬唱尽豪英。借得余年潇洒行，激浊共扬清。

王介民

1922 年生，湖南汉寿人。伊犁诗词学会会员、新疆诗词学会第二届理事。

望　乡

乌孙眠塞上，伊水绕边城。
鸿雁几时到，楚天云自横。

雄　鹰

雄鹰被弹后，展翼奋高翔。
飘落悬崖上，回头睨暗枪。

谒林则徐塑像

爱国翻成罪，筹边竟似囚。
落花空恨雨，待月枉登楼。
才大遭人嫉，功高震主忧。
伊犁渠水绿，日夜绕祠流。

出塞曲

也抱琵琶歌出塞，欲从大漠谱新篇。
无端风雨催花落，不改灵台一寸丹。

伊犁春早

春到伊犁草吐芽，养鱼塘外有人家。
微风料峭炊烟起，墟里晨餐煮奶茶。

石城春望

雪山融化水悠悠，亘古荒原变绿洲。
都是人工开垦出，屯边战士最风流。

辛未老人节

老在须眉壮在心，盐车虽卸未忘箴。
无多奉献迎佳节，坐对黄花一曲吟。

杂　咏

世事纷纭须放眼，人情冷暖莫惊心。
风寒月冷孤眠夜，好伴梅花仔细吟。

丝路抒情

塞外桃源锦绣堆，兴来乳酪醉千杯。
北疆铁路东欧去，南国飞机西域来。
雪浪松涛藏野鹿，金山油海露原煤。
欢歌哈萨情豪甚，新自叼羊赛马回。

雨后游鹳山

鹳山夜雨涨江潮，撩拨游人兴趣高。
水拍矶头惊侣燕，风飘画舫过长桥。
晴岚云岫黛浓淡，夜月星河影动摇。
揽胜亭边舒望眼，青螺万叠入云霄。

西江月·边城春色

最喜边城春色，晴空丽日无烟。冰融雪化润农田，塞上风云不卷。　　戍客如今已惯，毡房乳酒悠然。乌孙原野草连天，马共牛羊一片。

忆江南·伊犁好

伊犁好，风动柳枝斜。试上高楼窗外望，一湾流水满城花。歌舞乐千家。　　伊犁好，诗会一枝花。试看今朝骚客聚，风流才子吐奇葩。吟咏颂中华。

西江月·自嘲

弱冠东南求学，壮年西北支边。油盐柴米不知艰，混饭凭端铁碗。　　老去追随词客，兴来醉啸吟坛。小诗自费上书刊，恁地天真烂漫。

王玉田

1932年生，俄罗斯族，辽宁沈阳人。新疆库尔勒市政府离休干部。新疆诗词学会会员。

浣溪沙·新疆解放五十年赞

西域春风五十年，丝绸古道百花鲜。边民醉酒舞翩跹！

千里绿洲歌盛世，万年瀚海换新颜。欢声笑语满天山。

菩萨蛮·博湖苇

苇湖八月风光丽，茫茫苇海连天际。苇下锦鳞肥，苇中银鸟飞。　　苇风吹碧水，似雪芦花美。秋后苇丰收，苇欢歌满舟。

鹧鸪天·楼兰葡萄

绿色长廊百里香，珍珠串串叶中藏。楼兰育出玫瑰露，法国移来玛瑙浆。　　金剪铰，玉盘装，紫精马乳万千筐。钢龙车载农家乐，跨海登舟过大洋。

柳梢青·西海莲

西海泱泱，波光潋滟，芦苇苍茫。翠盖红裳，迎风吐蕊，暗送幽香。　　冰肌玉骨芬芳，泥不染，凌波女郎。疑似春秋，西湖西子，移步边疆。

蝶恋花·西域毯

塔里木河春未暮，红柳胡杨，芳草鲜花舞。西域姑娘弄机杼，金梭巧手留春住。　　锦毯色新蜂蝶慕，展翅翩翩，飞入姑娘户。寻遍花丛无落处，原来却被鲜花误。

清平乐·楼兰新农村

胡杨林畔，小小农家院。电话叮零声不断，儿女远方祝愿。　　大儿翻译鸿篇，二儿戍守边关。小女能歌善舞，随团献艺油田。

南歌子·秋兴

塔水清清淌，胡杨树树黄。棉田万顷玉梨香。车水马龙，户户卖余粮。　　小伙歌声美，姑娘舞袖扬。老翁含笑问巴郎，肉孜节前，喜酒我能尝？

鹧鸪天·访友

漫步城郊小路斜，芳洲片片种桑麻。一弯春水迎红柳，十里香风送枣花。　　渠北菜，路南瓜，林荫小院织篱笆。老翁笑请房中坐，低语巴郎煮奶茶。

沁园春·梨城颂

十里长街，洁净无尘，花木葱茏。看群楼曜日，天山染翠；华灯映月，孔水摇红。犬戏芳坪，禽鸣翠柳，孔雀开屏展丽容。东风暖，喜瓜甜果脆，棉美粮丰。　　梨都日日繁荣。兴西部，八方架彩虹。庆机飞京广，疾如闪电，车驰乌沪，矫若游龙。戈壁新城，雄关古道，梨树飘香桃杏秾。新世纪，愿楼兰儿女，再展雄风。

踏莎行·新丝路

大漠喷油，荒山披树，玉门关外春风度。东输西气架金桥，楼兰梦断留春驻。　　塔水扬波，天山绿舞，钢龙铁马奔丝路。铁关南北耸高楼，当年驼队知何处？

鹧鸪天·春耕

西域春风绿满川，天山含翠柳生烟。金鸡高唱晨星落，布谷欢歌旭日圆。　　耕麦海，播棉田，铁牛奔走战犹酣。巴郎树下催开饭，幼女端茶到地边。

柳梢青·游罗布人村

古道黄沙，胡杨柽柳，罗布胡麻。碱地茫茫，断垣处处，不见繁华。　　忽闻远处琵琶，塔河畔，炊烟吐霞。黄发垂髫，怡然自乐，竟有人家。

鹧鸪天·巩乃斯林场

山上冰峰山下河，山腰山麓舞天鹅。参天大树三冬绿，遍地繁花六月歌。　　风阵阵，雨多多，炎炎七月雪飞坡。春秋冬夏四时景，付我游踪一日过。

南乡子·牧羊姑娘

骑骏马，越平川，雪山脚下一婵娟。放牧群羊归路返，歌声婉，日暮苍山人去远。

踏莎行·送奶姑娘

小帽花裙，花衫彩裤，香丝飘出林深处。银壶制酪映朝霞，玉纤挤奶斜阳暮。　巷尾频逢，街头常遇，葡萄架下她居住。爱心温暖送人间，歌声飞向河边路。

王玉良

1928 年生，四川彭山人。新疆建筑设计研究院高级工程师，退休后定居深圳。新疆诗词学会会员，著有《琅琅之声》诗词集。

临天涯海角

仰探天有路，遥视海无边。
纵论前程远，相争勇者先。

黄龙五彩湖

一张绚丽图，绝妙岂虚无？
艳景天生就，画师愧莫如。

游深圳世界之窗

一日悠游六大洲，奇观妙景尽情收。
昼行八万观天下，更有风光在后头。

学 诗

如醉如痴更入迷，一词半句也珍奇。
深深品味勤探讨，不觉清霄月影移。

参观庐山美庐

变幻风云人世间，星移斗转两重天。
楼台不复当年主，唯有青山冷眼观。

王立汉

1942 年生，甘肃镇原人。新疆生产建设兵团五一农场退休干部。新疆诗词学会会员、兵团诗联家协会理事。

军垦新战场

扶犁未解旧军装，又摆荒原新战场。
巧织黄沙成锦绣，期将边塞作苏杭。

麦　收

挥镰麦海看谁雄，七月骄阳似火龙。
戴月争当标杆手，汗珠滴滴满盘中。

红　园

榆叶梅开塞上春，柳丝袅袅草如茵。
红园胜景堪吟赏，日出博峰腾彩云。

南干渠工地　二首

（一）

为保丰收总动员，爬犁运石上西山。
漫天风雪寒星闪，素裹银装不识颜。

（二）

屯田万顷水先行，瀚海深深扎大营。
十里长蛇排阵势，迎来春水碧粼粼。

军垦广场即兴

喷珠吐练彩如虹，夜市繁华白昼同。
画笔谁持绘此景，军工巧手胜天工。

王长征

1943 年生，河北藁城人，原任博州畜牧局总畜牧师，研究员。现为新疆诗词学会会员。

吟和田玉

温文尔雅并柔刚，磊落光明气瑞祥。
白媲羊脂花慕坠，绿逾翠羽鸟羞藏。
密山洪后寻能获[①]，阗水流中愿或偿。
仙佛身多皇玺少，竞相借以壮辉煌。

【注】

① 密山，指昆仑山脉的密勒塔山。

骆驼吟

残垣枯木貌非扬，铜骨钢筋铁脊梁。
荒漠汽车沙海舸，行商羽翼猎人枪。
一周水断飞蹄快，十担粮驮举步常。
丝路功臣与时进，旅游景点会骑郎。

温泉县阿尔夏提仙泉游

茂林苍翠气新清，飞浪轰喧万马腾。
仰眺雪峰来冷意，俯扪泉水感温情。
游人出没松间醉，牧畜追驰草上鸣。
数架索桥横谷跨，阿山青嶂愈峥嵘。

博州喜降大雪

枯草稀疏冬麦寒，一场大雪赐边关。
飘飘洒洒绒铺地，浩浩茫茫絮漫天。
神女散花驱旱魃，玉龙更甲兆丰年。
当怀敬畏感恩意，呵护葱茏惜水源。

王百谷

1919 年生，江苏兴化人。新疆石油地调处高级工程师，离休。中华诗词学会会员，新疆诗词学会第三、四届顾问。著有《余生断草集》。

南山白杨沟纪游六绝选三

（一）

吟旌小驻白杨沟，却喜聊为二日游。
绝壁飞泉千丈练，一时三夏似清秋。

（二）

闲花野草不知名，时有流莺三两声。
鉴我须眉真毕现，爱它泉水在山清。

（三）

穹庐小住暂为家，啜罢那仁啜奶茶[①]。
山里女郎真矫健，爱她马背讨生涯。

【注】

① 那仁，哈萨克族一种面粉做的汤食。

悼邓公小平同志

狂澜力挽世无双，何事天年不主张。
十二亿人凄绝处，不教轮椅过香江。
天才设计世间无，完我金瓯策略殊。
不战屈人为上善，知公最善读兵书。
荒唐人海起飞尘，屈辱当年百战身。
不是狂飙吹不倒，九州饥渴要斯人。
人民儿子信无惭，百战身经百险艰。
今伴鲜花归大海，长留遗爱在人间。

梅园新村谒周总理故居

隐然劫后又烟尘，尊俎周旋第一人。
无畏无私真磊落，有为有守太艰辛。
非惟雄辩才千载，自有丹诚照万春。
并此名园同不朽，梅花香里见精神。

吊欧阳克嶷先生

昆仑何遽斗星沉，愧不深知感却深。
道德文章原有自，荣名瑰宝两难临。
三生铸就风入骨，一卷焚余烈士心。
我检遗笺重叹息，不堪愁对伯牙琴。

应《总设计师之歌》征诗

韬略原来命世雄，晖光老更丽天中。
剧平冤假松千绑，曾藐安危斗四凶。
凡是清规俱让路，独标特色奏丰功。
巍巍盛德难为述，顾我真成击壤翁。

满江红·游北京香山双清别墅题

红树苍崖，今又是，京郊秋色，涉远道，虔诚来此，足茧千结。四顾沉吟佳胜地，一时缅想纷争日。正西风落叶下催人，思沉寂。　　时序改，山河易；哲人去，空床席。剩心香一瓣，礼瞻四壁。倥偬军书来十万，纵横挥洒千钧笔。叹神工，斗室转天枢，立民极。

王亚平

1949年生，四川盐亭人。先后在新疆石河子、阿克苏、云南红河学院等地任教。现为中华诗词学会副会长、新疆生产建设兵团诗联家协会名誉主席、新疆诗词学会顾问。

北湖秋月歌

北湖位于新疆石河子市北，初为碱滩沼泽，20世纪50年代经军垦战士艰苦奋斗，辟成此湖。水盛时湖面可达十余平方公里，垦区农田，久被其利。辛未年八月既望，石河子诗词学会诸君泛舟夜游北湖，斯游之乐，实平生之未尝有也。特作长歌以记之。

久闻北湖秋月好，中秋八月秋色老。相呼击楫泛秋波，湖畔秋声生树杪。黄发垂髫持钓竿，欲钓星光出翠澜。烟波浩渺鱼漂静，沿湖灯火红欲燃。须臾月自东山上，遍洒清辉染芦荡。舱内袅袅动歌吹，舷外波摇千重浪。月上中天无片云，垂天隐约见昆仑。月色湖光千万里，何人到此不销魂？月华如水暮山紫，清风徐来微波起。长烟净扫璧影沉，喜煞船头二三子。泸州老窖夜光杯，舞蹈欢呼声如雷。争酌流光清肺腑，欲忘生死醉千回。醉千回，仰首望，雁阵横空添豪放。月中桂子影婆娑，湖面香浮催神旺。对此我欲放歌喉，因忆范文正公清风皓月岳阳楼。又念张公若虚生花妙笔真不朽，春江花月千秋万代豁吟眸。噫吁嚱！人称江南风景秀，山水风流看不够。君不见

而今北湖秋月壮边关，游人赞声不绝口。君不见
吾今挑灯狂草北湖秋月歌，满纸月色涛声流光溢
彩直上重霄九。

横越天山行

庚午岁六月既望，余偕二三子拂晓驱车由天山北麓石油城独山子南行，旋抵山脚，遂沿盘山公路迤逦而上，午后始得穿越极顶隧道哈希勒根，随即蛇行而下。比至南麓重镇那拉提，已是日之夕矣。夜宿旅驿，巩乃斯河涛声扰梦，因披衣而起，挑灯草成是章，凡四百二十八言，命曰横越天山行。

诗中梦里屡相逢，今我来思日初红。
唐人歌吟掀天涌，化作横空山万重。
结伴驱车寻诗去，平平仄仄盘山路。
流云故故拂车帷，虹霓辉映崖边树。
抬头时见峰巅雪，盛夏未觉途中热。
一道飞瀑落前川，风雷乍起山欲裂。
山欲裂，浪花飞，山风送攀壁上吹。
啼鸟争唱三平调，山花含笑弄芳菲。
千回百折到山腰，停车但见花如潮。
云蒸霞蔚迷山石，花气升腾欲冲霄。
山陂巨松皆百丈，枝叶峥嵘凌云上。
抚松昂首一声呼，千岩万壑生豪放。
小憩登车客心惊，一步一番险象生。
陡壁云径瘦如线，饿鹰屡窥车窗鸣。
车右崖悬临空谷，老树枯藤蛇屈曲。

车轮紧贴崖边行，满车敛气忧失足。
车左怪石纷欲下，熊虎磨牙惊湍泻。
天旋地转风萧萧，汗出淋漓湿手帕。
抚膺听气喘，心寒觉腿软。
一发系千钧，问谁敢眨眼！
穿云破雾临极顶，隔窗顿觉霜风猛。
断壁寒凝百丈冰，冰雪满山日色冷。
极顶风光何壮哉，万紫千红傍雪开。
我欲题壁写豪气，冷香滚滚入诗来。
纵目云天千万里，群山奔涌惊涛起。
狂潮澎湃乱云飞，此身已在青云里。
下山车轻风雷激，须臾直下三千尺。
回首日暮万山红，残霞斜挂擎天石。
哟嗬嗬！
君不见自古男儿志在四海意纵横，
喑呜叱咤挟雷霆。
君不见吾今一日横越天山八百里，
挑灯夜草天山行！

惠远古城放歌

惠远古城雄居西北边陲伊犁河北岸，创建于乾隆二十八年(1763年)，平息准噶尔部叛乱之后，成为伊犁将军府所在地。同治九年(1870)因沙俄入侵而毁于战火，昔日繁荣，荡然无存。道光二十一年(1841)林公少穆因禁烟远戍惠远，虽近暮年而犹以国事为忧。闲来行吟，今传有“格登山色伊江水，回首依依勤马看”之句。庚午岁夏秋之交，余偕二三子驱车寻访林公行吟处，往事如烟，迄今已整整一百五十年矣。

君不见林公笔下边关美，格登山色伊江水。
君不见惠远古城号角壮江声，羽书一夜传千里。
我来吊古立芳洲，遥岑远目思悠悠。
欲问林公饮马处，暮色沉沉一江秋。
烽烟当年卷沙碛，平叛刀枪映日白。
画角凝寒彻夜吹，马蹄翻飞掀霹雳。
天兵怒气冲霄汉，逆酋授首伊江畔。
九城环卫镇西陲，虎帐貔貅轻百战。
壮哉伊犁将军府，佩玉鸣莺听歌舞。
市井商贾聚如云，行人挥汗即成雨。
更有诗酒助风流，迁人骚客尽西游。
酒酣笔落龙蛇走，天惊雨乱湿边愁。
此地林公曾驻马，闲来行吟夕阳下。
长忆豪气满东南，烟灭灰飞虎门夜。
难测天涯芳草路，唱彻阳关断肠句。
蚊虻谁令负山多？精卫岂知填海误！
身危犹自忧天倾，边声屡扰魂梦惊。
俄人终为中国患，黑云压境挟风腥。

铁蹄踏破伊江水，百年重镇一时毁。
残垣野鬼夜相呼，白骨森森横旧垒。
何处更寻钟鼓楼，黯然无语大江流。
啼鸟也知家国恨，夜夜啼血满枝头。
满枝头，恨难消，林公叱咤动荒郊。
君不见古城城北林公手植立地擎天青枫树，
枝枝叶叶风里雨里相摩相荡掀怒潮！
往事如烟百年矣，我来正逢秋风起。
伊江两岸气象新，游人误入丹青里。
篱畔鸟啁啾，红果醉枝头。
草低牛羊见，秀色满田畴。
葡萄架下鸣手鼓，红裙花帽胡旋舞。
舞到意兴遄飞时，一轮皓月江心吐。
吁嗟乎！弦歌处处对圆月，从此不教金瓯缺。
君不见当年林公遗恨化江涛，
至今如怨如恸如泣如诉声呜咽。
君不见吾今浩歌一曲东方红，
日照江流汹涌澎湃沸如血！

上山下乡二十周年祭

慷慨悲歌成子虚，风风火火下乡初。
数声鸡唱惊残梦，一曲樵歌绕破庐。
柳下参差渔笛谱，灯前断续圣贤书。
何须弹铗添憔悴，出有牛车池有鱼。

踏　月

那堪往事说从头，且向花间酌暮愁。
沧海鹏抟千里浪，青冥云拂一轮秋。
纤尘不染蒹葭白，旧梦重温锦瑟柔。
泽畔东篱何所忆，巫山烟雨木兰舟。

浣溪沙·石河子风情四阕

市容一瞥

乘兴一游客梦惊，明珠端的不虚名。南腔北调说繁荣。　　路畔层楼腾瑞气，街心花圃吐芳馨。和风远送读书声。

农场金秋

戈壁农场秋色奇，地头宅畔柳参差。白杨列阵护长堤。　　鬼祟西瓜藏翠蔓，娇羞苹果醉高枝。浓荫有鸟唱相思。

农贸市场

农贸市场人似潮，凉棚一线起喧嚣。还钱讨价费推敲。　塞上炭红呼烤肉，海南风绿润香蕉。鲜鱼鳞甲映波涛。

石城洞天

边塞新城新事多，洞天周末乐如何。连衣裙子舞婆娑。　如梦如烟花四步，惊天动地迪斯科。有人助兴正高歌。

浣溪沙·葡萄沟情歌

手鼓轻敲暮影遮，悠悠荡荡过篱笆。篱边闪出艾迷拉。　舞步翩翩惊夜雀，歌丝袅袅醉秋花。葡萄架上月如纱。

浣溪沙

逝者如斯去不还，十年一梦酿辛酸。迷离往事未全删。　　精卫焉能填恨海，女娲无力补情天。潇湘月冷竹娟娟。

水调歌头·车过天山

扰我梦魂久，今日喜相逢。连呼快觅诗去，趁此雾朦胧。结伴驱车直上，仄仄平平云径，花放异香浓。崖畔好风细，树杪日初红。　　攀绝壁，过断涧，倚长松。一声清啸，霓霞拥我上冰峰。一览群山尽小，云起云飞如画，万里快哉风。兴发思题壁，笔落气如虹。

乳燕飞·天山深处与哈萨克牧民联欢

塞上风光美，望群山、层林掩映，雪峰奇伟。一曲流溪出远岫，溪畔风摇萑苇。露滴处、山花吐蕊。漫步花丛寻野趣，看蜂来蝶去迷香蕾。采薜荔，唱山鬼。　　联欢会上春潮沸。听歌声、飞扬毡帐，惹人心醉。哈族姑娘骑马过，洒落几多妩媚。鹰啸起、天惊云碎。携手踏歌情难已，竟不知树杪残阳坠。暮云紫，塔松翠。

水调歌头·过洞庭湖登岳阳楼

日月出其里，万里气吞吴。长天秋水一色，托我片云孤。直上层楼高处，觅取先贤遗梦，歌哭且欷歔。浪打瘦蛟舞，云涌鸟相呼。 少陵诗，范公记，尽愁予。对花溅泪，书生无用老江湖。黎庶城乡贫困，硕鼠官仓肥死，天网漏而疏。凭栏浑无语，泪眼渐模糊。

金缕曲·重登黄鹤楼

更上层楼去。倚危栏，云横几派，浪摇吴楚。黄鹤白云过无影，但剩迷离烟树。不忍问，登临意绪。柔橹如歌云帆远，听秋声呜咽生南浦。沉夕照，起孤鹜。 江湖澎湃催金鼓。忆当年，中流击楫，浩歌起舞。万丈豪情燃似火，走笔虹霓吞吐。休道是，霜锁媚妩。斫取潇湘清瘦竹，且持之闲钓今和古。托旅雁，寄金缕。

王仲儒

1933 年生，陕西华县人。新疆北疆军区司令部原办公室主任。新疆诗词学会会员。

临江仙·题任晨将军哈密瓜图

白发将军轻寂寞，挂刀买绢千车。从头一一画山河。心神陶醉处，一簇碧藤萝。　　系得赤心千万颗，任凭风雨搓磨。金秋来后别离多。东西南北去，犹唱马翁歌。

鹧鸪天·神七

怒矢一呼发酒泉，气炎烈烈报瀛寰。纪昌为问穹苍事，新送三英过广寒。　　舱外步，斗间闲。归来又放小飞船。个中有甚谜儿意，待访香江阮次山。

贺新郎·西安八路军办事处

此地何留恋！古城中，寻常巷陌，绿荫庭院。雨瓦风砖看不足，青眼眨成泪眼。铁铸底、红桥兵站。豪俊纷纷从此过，更英魂、唤醒千千万。呼绣岭，说抗战。　　周公不管风云乱。叶将军、延安二老，虎穴挥扇。墙外三千刀枪影，墙里丹心一片。饮苦井，栽葱栽苋。鸩计空空欺黄耳，缢头颅，谁怯英雄胆？人说道，已悠远。

水调歌头·看香港回归交接仪式

喜事如天大，今夜大于天。五洲华夏儿女，得意闹团圆。笑看江公抖擞，董叟胸怀成竹，收我紫荆园。三路铁军锐，谁个敢遮拦。　　诉离合，歌自主，谱新篇。几乎忘了，维港新景亦须观。载泪游船一艘，著雨垂旗半片，待出鲤鱼关。流水落花意，无可奈何颜。

贺新郎·汶川地震

地簸山川裂。道城乡、石泥断路，废墟埋骨。总理一闻星夜至，十万精兵急发。救人事，高于一切。内外同胞伸援手，越巴山、蜀水输财物。教世界，也心热。　　宽言抚语倾心说。解悲愁、精神振起，故园重设。伤有良医亡有恤，孤独生涯有着。学子辈，无须忧辍。自古口碑千万句，问何方，有此亲民国？华夏族，更团结。

贺新郎·读《昆仑雅韵》集

雅韵昆仑起。似当年，龟兹醉了，梨园子弟。多谢三郎羌鼓好，敲得词萌诗穗。更分与，西陲园地。万里风沙山水里，富兴疆，志士英豪气。参适散，咏难备。　　而今五百吟哦队。李加拉、巴图入伍，别生深意。风土人情随时采，抒足屏藩壮丽。料醒后，先贤皆喜。边塞诗乡天山派，树中华，一帜人争会。千里目，望云际。

王宇斌

1961年生，河南方城人。乌鲁木齐经济技术开发区干部。乌鲁木齐诗联家协会副主席、新疆诗词学会会员，著有《天池赋》。

大雪歌

昨夜风紧雪乱翻，一片新白漫松山。
玉龙斗残烂银甲，王母惊跌白玉簪。
八仙迷茫无云路，万壑凛冽似银川。
金鸡缓唱清辉冷，广寒息舞翠袖单。
窗上冰花开玉树，高天火鸟失金丹。
柔絮拥门门难启，厩中呼马马不前。
口衔貂尾风割面，身裹长裘脚犹寒。
高楼欲买三翁醉，袋中不乏数千钱。
进烈酒，放大言，江南小雪只似盐。
天山雪厚三千尺，茫茫万里冻云烟。
冰凝古洞遮瀚海，泱漭何处有仙山。
不教骚人吟花草，先歌漠北大雪篇。
人生快意涤胸臆，浩气涨满玉门关。
极目苍茫高天冷，几生修到雪中莲。
身当玉宇琼宫客，何须叩首趋仙班。

云　柬

青苍满目已春深，山起白云三两分。
王母瑶池云柬到，灵禽引客入山门。

上　山

我敬云山非等闲，云山接我亦欣然。
花溪盛意旁边引，榆树频频送水钱。

野　韵

本是云台未了仙，山花颤手水摇天。
爱听林鹊舌音润，遂放清歌入野烟。

登　高

峰端一踏自崔嵬，万里絮云脚下堆。
莫问距天几尺远，但看眉底一鹰飞。

临江仙・雪

又是新年冬雪至，轻寒染得均匀。山无翠色水无纹。远方空落落，瑶天絮纷纷。

犬吠两声天未晚，江湖若个闲人。一篙在手主浮沉。不由风做主，便是自由身。

满江红・天山抒情

何谓人杰？常啸傲、云天一撇。疏狂客、形骸似醉，不失气节。荣辱风吹瀚海露，心胸日照天山雪。了心愿，漫撒手中金，如凡铁。　　重言诺，轻离别，意深埋，情更切。面瑶池独爱，冰花新月。几度笑谈渡难劫，一腔浩气补山缺。无亏欠，看剑指苍穹，乌云裂。

王启垠

1918年生，安徽青阳人。新疆伊宁市医药公司退休干部。中华诗词学会会员，新疆诗词学会第一、二届理事。

冬至初雪

葭管飞灰偃月昏，雪花飘舞障乾坤。
冰天冷苍凄凉底，俯首犹怀挟纩温。

雪夜行吟

寒流滚滚压边城，六出花飞绮陌平。
连缀路灯成项链，纵横街道似棋坪。
千家万户温馨梦，只影单身彳亍行。
遥见琼林光夺目，蹒跚跬步竞兼程。

寄怀宋彦明君

一知半解学风骚，独自吟哦慰寂寥。
瑞雪迷人游艺苑，春晖伴我渡横桥。
静观水月牵愁甚，向往瑶池觉路遥。
但乞鲁阳能臂助，挥戈返日弄新潮。

临江仙·边城新貌

胜日徘徊林荫道，眼前风物怡情。繁柯滴翠喜新晴。清溪流碧水，叶底啭黄莺。　　车辆穿梭人似织，酒吧舞阁频增。灯红酒绿到天明。伊河蜂蝶拥，丝路载歌行。

踏莎行·伊宁街景

一踏红花，满街绿树，两边栉比经销铺。五光十色适时装，娇娆士女芳踪住。　　比比阳台，层层窗户，群芳得遂春风打。纷红骇绿间幽香，悄悄扑向行人去。

浣溪沙·春景

薄雾轻纱碧树枝，啼莺相唤草萋萋。翠帏摇曳拂千丝。　　坐觉无何消落寞，俯思有幸赋明时。晓窗花影日迟迟。

浣溪沙·杨花

楼外溪边翠柳枝，新生玉蕊撒娇痴。春风婀娜逞芳姿。　　恣意飘扬离碧树，尽情翻滚舞丹墀。忍教轻堕逐污泥。

双双燕

等天亮了，南来燕，双双碧空飞舞。沿门傍户，欲觅故居迷路。愁煞裙钗伴侣。怅日暮，香巢难赴。想来别处栖身，还得更番辛苦。　　环顾，囊时艺圃今崛起，凌空翠楼华宇。绮窗纱护，不似旧家堂屋。唯有丛林如故。柳浪里，芳菲群聚。无限苦辛，换入绿阴倾诉。

王良如

1929 年生，陕西商州人。原新疆生产建设兵团纪检委员会办公室主任。兵团诗联家协会理事。

过秦岭

秦岭界南北，雄姿世间传。
有流皆成瀑，无峰不及天。
古为商旅道，京都通东南。
史称名利路，经商与求官。
四皓商山隐，刘邦此入关。
乐天三往复，韩愈马不前。
弱冠越秦岭，路在云雾间。
徒步履艰险，二日至西安。
离休返故里，乘车过蓝关。
沿途多险道，时闻喇叭喧。
今乘铁龙归，飘飘若登仙。
谈笑观山景，百里一时还。

中秋游园

中秋新雨后，信步入园游。
日照林间路，风吹山顶楼。
老翁垂细钓，童子荡轻舟。
园内花争艳，欢声笑语稠。

冬游三亚

南国无冬日，夏后便是春。
椰风扬海韵，丽日浴沙身。
四季花如锦，长年草色新。
天涯添梦境，醉煞未归人。

红山春晓

山间尚有未消冰，树上时闻鸟雀声。
桃李杏花无觅处，路边嫩草吐青英。

进军新疆60周年咏怀

阳关西出戍天涯，东望长安不见家。
根扎边疆六十载，甘心世代卫中华。

王延龄

1927年生，湖北阳新人。新疆维吾尔自治区党委统战部离休干部；现为中华诗词学会会员、新疆诗词学会名誉会长。著有《罩山诗词集》。

牧区三题

黄雀啁啾跃碧茵，牛羊喧闹醒芳晨。
鞭声起处马蹄响，一曲山歌遏白云。
残霞淡淡晚风微，袅袅炊烟送夕晖。
少妇溪边忙挤乳，人喧马叫牧人归。
繁星闪烁夜苍茫，碗酒微醺乳酪香。
何处弦歌飘入耳，隔邻阿肯试新腔[1]。

【注】

① 阿肯，哈萨克族民间弹唱艺人。

平川落日

夏至夜从阿勒泰到布尔津途中，至23时10分才见太阳落地，余霞满天，蔚为奇观，口占一绝。

深夜驱车布尔津，平川落日胜朝暾。
一轮半没西天外，犹见余霞染远村。

边城雪霁新景

昨宵瑞雪舞长空，晨起边城顿改容。
老树著花千李白，艳阳初照万桃红。

民族团结颂

中华历史似江河，千壑万溪汇浩波。
灿烂文明同缔造，森严壁垒共挥戈。
互相团结车依辅，两不离开叶恋柯。
祖国山河春正好，枝繁叶茂绿婆娑！

百族同根

皇皇禹甸诞黎元，百族同根祚胤蕃。
泰岳昆仑原一体，黄河塔水本同源。
情牵手足凉和热，运系邦家失与存。
欲裂金瓯人共愤，南柯旧梦再难温。

在裕民县山上望异国阿拉湖

登高履险逼青穹，异国苍茫一望中。
水急浪摇帆影绝，岛微雾重庙容封[①]。
烟云渺渺天涯远，岚霭沉沉雨意浓。
但愿长空多丽日，阳光普照遍球红。

【注】
① 据当地人云，湖中小岛上有龙王庙，晴日可见。

重九登雅玛里克山

落帽龙山效古贤，盘旋弯道陟云天。
五洲块垒消胸际，四海风烟展眼前。
铁塔凌霄留倩影，银波匝地送佳篇。
茱萸插遍从容数，独少台彭几老年。

下果子沟

爬尽高坡下陡沟，回肠九曲绕山陬。
轻车滚滚云中降，飞瀑飘飘岭上流。
两壁云杉凝玉露，千株野果缀芳丘。
清溪一线留残梦，扰我心扉久不休。

天山神木园

太古伊谁建此园，万株百亩数千年。
撑天榆柳遮红日，伏地龙蛇戏碧泉。
敢向武陵争丽景，何须蓬岛觅仙源。
疑为王母蟠桃圃，遗与人间醉谪仙。

塞上抒怀

纵情翰墨乐逍遥，不慕浮华尚节高。
兴至卧游葱岭雪，闲来坐忆浙江潮。
人间冷暖随它变，鼎鼐酸咸任我调。
塞上风光无限好，剪裁几片入诗骚。

感　怀

杨柳春风喜沐予，欣逢盛世乐安居。
九州圆月人心向，三句箴言史册书[①]。
但愿仓丰无硕鼠，唯期官正有悬鱼。
南山簇簇松林茂，锦浪滔滔拍岸如。

【注】
① 三句箴言，指“三个代表”。

覆地翻天六十年

禹甸苍茫喜变迁，中华崛起史无前。
嫦娥奔月吴刚乐，神艇飞天玉帝欢。
两奥成功中外赞，三通实现怨仇蠲。
金砖四国人公认，覆地翻天六十年。

未来畅想曲（科幻诗）

宇宙星联

宇宙星联已建成[①]，万邦共处笑相迎。
明朝我欲金星去，好似南京到北京。

【注】

① 现在地球有联合国，未来宇宙会有“星球联合体”，可简称“星联”。

星际家庭

夫在地球妻在月，朝朝相会不为难。
飞船往返如光电，百万千程一瞬间。

空中交通

道路交通大改观，空中飞碟任盘旋。
短途行走凭双翼，远道多乘光电船。

天蓝水清

动力全凭光电能，石油煤炭别经营。
举凡污染皆摒弃，天更蓝来水更清。

王若虚

1931年生，湖北浠水人。新疆生产建设兵团农一师运输公司修理厂干部；现为中华诗词学会、新疆诗词学会、兵团诗联家协会会员，阿克苏诗词学会副会长，合著有《白水情深》诗词集。

农一师十团咏

庭院净无尘，云开万象新。
香飘瓜果熟，水戏鸭鹅群。
畜牧生金玺，田间涌白云。
莺啼疑隔世，放眼足怡神。
女唱南泥调，男歌军垦魂。
群贤诗兴发，咏到武陵春。

乌什九眼泉

西域明珠地，风光燕子山。
葱茏花草里，九眼吐龙泉。

布衣诗人戴复古

温岭文风地，石屏山下家。
丹心忧国运，赤胆为民嗟。
月夜舟中影，江村晚眺花。
湖乡常作客，墨迹遍天涯。

新塞北

鄂尔多斯市，明珠气势雄。
高楼迎远客，大地舞长龙。
蒙汉亲兄弟，城乡野老翁。
歌喉扬特色，红瘦绿肥中。

访阿瓦提丰收三场

茱萸遍插竞风流，漫步三场据上游。
阿瓦提真新富县，棉花更上一层楼。

阿克苏诗词学会成立十周年

千帆竞发梦魂遥，坷坎征程引凤毛。
旧雨新知三不朽，寒来暑往一枝毫。
红鲜绿暗多媒体，微意钟情少琢雕。
老手领航方向正，龟兹风采看今朝。

卖花声·塔河秋

谁买塔河秋，姑墨城头。大军十万显风流。两岸粮棉翻彩浪，戴月丰收。　　万户乐悠悠，歌赋相酬。振兴科技上层楼。百业飞腾齐发展，百鸟啁啾。

王连芳

1935 年生，河北吴桥人。原为新疆石油管理局高级工程师、克拉玛依市政协副主席。新疆诗词学会会员。

过达坂城遇暴风雪

日暮过达坂，狂飙起骤然。
四野皆闭合，星月避夜寒。
天地成一色，如席雪飞旋。
车行如蚁进，飘摇复颠连。
几番近绝壁，动魄惊心弦。
风吹云不散，路拥咫尺难。
忽见灯火亮，盐湖暂安眠。
犹念途程险，梦中呼向前。

登红山偶感

漫步红山麓，浮想起联翩。
忆昔四十年，西行到乌垣。
童童红山险，滔滔乌河宽。
登高怅寥廓，涉流惊水滩。
而今绿葱郁，亭阁布山巅。
河道成通衢，车行如箭穿。
楼厦联袂起，一改旧时颜。
深感岁月急，沧桑指顾间。
皓首当自励，向前再向前。

博湖泛舟

水色蓝如染，舟轻浪击舷。
齐天苇海处，已是孔河源。

修志书怀

春风几度动轩窗，染翰操觚苦昼长。
十载书成欣告慰，未曾掺假作文章。

王秉武

1933-2006 年，字章裴，湖南桃源人。自治区气象局退休干部。系新疆诗词学会常务理事、乌鲁木齐诗联家协会副主席、《天山诗联》副主编。

忆江南·新疆好

新疆好，油夺凯歌杯。克拉玛依流玉液，塔番盆地上金台。准噶又花开。　新疆好，戈壁绣花城。乌道纵横飘玉带，白杨排列挡风屏。军垦石河情。　新疆好，秀丽数天池。悄壁奇峰凝翠黛，晶莹碧玉笑涟漪。王母鉴芳姿。

忆江南·红山好

红山好，古塔独昂扬。穿雾刺天挥彩剑，凌霜傲雪闪银光。矗立映朝阳。　红山好，宝塔伴林公。背负苍天诗意壮，眼观瀚海画情浓。浩气傲西风。　红山好，远眺耸凌空。彩阁辉煌明月照，金门缥缈白云封，极目望瑶峰。

丙子诗人节怀屈原　二首

（一）

离骚天问鬼神惊，屈子诗魂四海腾。
放眼汨罗江上水，至今犹作不平鸣。

（二）

怀沙哀郢国殇豪，满腹经纶付怒潮。
辟芷秋兰芳四野，诗坛万代颂离骚。

纪念抗日战争胜利五十周年

卢沟月暗气阴森，日寇疯狂绝古今。
八载烽烟凝碧血，千秋勋业铸丹心。
炎黄勠力驱魔虐，国共同仇抗敌侵。
军国阴魂犹未散，枕戈壮志莫消沉。

王秉栋

1943 年生，新疆呼图壁人。现为新疆诗词学会会员、呼图壁县诗词学会理事。

晚秋红山水库

平湖碧水满秋堤，菱藕香甜荻叶齐。
傍晚雨晴风又止，青蛙声伴夕阳低。

春　日

曦照山村白玉房，暖风轻拂舞衣裳。
蝶衔百蕊蜂衔粉，喜贺农家建小康。

春到水磨沟

花香欲淌蝶蜂翩，艳丽迷人看泛船。
更有松涛林海翠，啼莺戏斗水中天。

中秋月

一盏冰轮泻玉痕，倾杯不醉又添樽。
桂花馥郁飘香处，疑是嫦娥又断魂。

登乌鲁木齐市红山

九叠层梯气势雄，苍松挺拔映威容。
一登便览群山小，疑是身居云雾中。

咏天池

瑶池碧水架山巅，天色垂青倒影悬。
旷世难逢清静处，常来镜泊度经年。

王金钱

1939 年生，安徽涡阳人。乌鲁木齐市水磨沟区贸易公司退休干部。新疆诗词学会及水磨沟区诗书画协会会员。

葛家沟即景

塔映秋光远，莺歌岭树丛。
卧龙湖里鸭，追逐绿波中。

清泉山秋游

乱叶铺幽径，疏林入暮寒。
衡阳归雁急，落日照孤烟。

返故里王桥有感

驻足王桥不识家，归乡游子二眸花。
当年老屋今何在，栋栋新楼映晚霞。

观枫桥张继塑像

伫立枫桥思绪长，清清流水映穹苍。
几多过客匆匆去，独有张公伴夕阳。

五彩滩　二首

（一）

天高云淡晚风轻，夕照清江格外明。
五彩滩头人似海，为看落日上台亭。

（二）

落日红霞望眼开，牧民骑马过桥来。
群羊尚记归家路，不用鞭催各自乖。

王孟扬

1913-1989年，回族，北京人。曾任新疆文史馆馆员、新疆书法家协会理事、中华诗词学会和新疆诗词学会第一届顾问。

赠望云画师

君家松雪善写生，七百年来无此精。君从何处得绝学，状物匪待肖其形。忆从百泉瞻风采，柳绿如线转黄莺。君出画卷恣我读，万壑云烟壁间生。幻入峨眉最深处，泉轰谷响哀猿鸣。又向天山穷极目，万千神骏凌空腾。当其下笔风雨骤，龙飞虺走天将倾。不私胸中有瑰宝，西向昆仑展帛缯。群生动息穷殊相，奇峰峻岭何峥嵘。更施彩笔状大千，远播绝塞浩瀚壮阔之雄风。

踏上丝绸之路

丝绸旧迹久心倾，此去何愁万里行。
一线遥通古罗马，云山迢递画中情。

行近哈密始见马群

莽莽黄沙万里开，沙中水草蔚成堆。
滔滔白浪奔群骥，天马原从西域来。

晚登乌市城垣远眺

极目郊原白满川，平林瑟瑟锁轻烟。
凌冰怒马龙游水，滑雪健儿珠落盘。
灯火渐生残照里，疏星时见翠微巅。
年来蜗角拘牵甚，放眼今堪瞰大千。

和友人除夜偶成

拈断髭须句未成，春风吹我劫余生。
诗魔客里吟千首，书蠹身边拥百城。
几片薪蕉迷鹿梦，一行街巷卖花声。
丁香已绽馨芳蕊，犹有天山雪岭横。

王建成

1950 年生，天津市人。新疆克拉玛依市中心医院体检中心主任医师。新疆诗词学会会员。

克拉玛依文化街即景

雨后新凉淡月笼，回廊曲径小桥东。
流香照影溪亭畔，素裹红妆弄晚风。
文化长街不夜天，小桥流水画楼前。
妖姿媚态花笼月，撷取香魂入锦笺。

紫藤花

纤蔓柔枝倚树攀，此花鄙陋却升迁。
世间颠倒寻常事，不信春来问杜鹃。

有　感

寡陋孤闻作浅谈，高薪岂可养官廉。
和坤吏禄何曾少，却是清朝第一贪。

喜乡人聚会感赋　二首

（一）

少别津门老未回，油城聚首鬓毛衰。
沧桑往事倾难尽，缱绻乡情酒一杯。

（二）

桑梓情浓酒亦浓，乡音满室荡春风。
边陲征战卅年后，回首前尘若梦中。

从医三十五年感怀

投身军旅天山下，研习岐黄历苦甘。
昔信悬壶能济世，今知无药可疗贪。
华佗无奈灵丹假，扁鹊常因医德惭。
但愿有司除积弊，杏林橘井作雄谈。

鹧鸪天·从军往事

喜与西疆结善缘，从戎投笔过天山。金戈铁马云崖险，哨卡冰河风雪寒。　　烽燧下，国门边，男儿热血筑雄关。为民为国何辞苦，万户安宁系一肩。

浪淘沙·乡思

辗转听蛩鸣，撩动乡情。天涯残梦五更钟。细雨敲窗知叶落，频送秋声。　　促膝诉离衷，雁去无踪。天南地北叹飘蓬。孤馆几回伤旧事，何日重逢？

八声甘州·读近代史兼吊谭嗣同

最难忘甲午失干城，云暗鬼神惊。恨清廷积弱，输银割地，城下要盟。志士悲歌四起，纾难拯苍生。空有匡危策，忍缚鲲鹏！　　堪吊浏阳公子，挟凌云胆气，啸傲纵横。为图强变法，一笑死生轻。幸而今，翻新史页，告先驱，华夏巨龙腾。凭栏处，对昆仑月，遥祭英灵。

王洪甲

1927 年生，湖南醴陵人。新疆日报主任记者，离休后系新疆诗词学会会员。著有《丹炉吟稿》诗词集。

伊犁河畔偶成

莫怪斯城过客夸，三秋瓜果暮春花。
多姿更有伊河水，帆影波光荡落霞。

吉里于孜果园纪事

葡萄架下珠连串，苹果熟时香更浓。
款客不需烦打点，一盘莹紫一盘红。

牧区杂记

千帐炊烟催日暮，天山隐若轻胧雾。
牛羊缓缓傍山归，正是牧人歌起处。

神舟六号凯旋喜赋

万才千杰献精工，神六双英遨太空。
一箭腾飞求尽善，全程直播示从容。
航天协奏凯旋曲，返地欢呼圆满功。
大宇争雄兴国力，和平端赖控强弓。

咏　怀

是非何必苦思量，夜课晨操务自强。
偶共诗词交感叹，独邀经史话兴亡。
修身宜矫狂和傲，应世何需慨又慷。
贾谊长沙徒自损，才高输与达人康。

游黄鹤楼

霜鬓登临览八方，大江东去赴汪洋。
风云叱咤群雄尽，劫运轮回众庶昌。
千古江山凭指点，百年功过待评章。
楼台治乱频兴废，依旧崔诗饰画堂。

金缕曲·别甘河子诸友用辛词韵

此意凭谁说。与诸君扁舟风雨，六年瓜葛。气胜天山常绿树，傲对坚冰厚雪。挺虬枝，针如怒发。运舛怎能忘国事，遣闲暇，耻话花和月。抒慷慨，排萧瑟。　微秋剩暑歌离别。自而今，形身两处，心灵长合。弦断知音添寂寞，莫让此情销骨。料人世，欢娱未绝。养志储才研经史，任狂人玩弄血和铁。天不老，地难裂。

六州歌头·香港回归感赋

香江北望，惆怅百年经。清廷朽，忠贤废，溃边城，丧晶莹。孔孟弦歌地，铁蹄践，皮鞭拷，诗书贬，言文改，米旗升。南海东隅，贸易繁华港，寇焰骄横。妄鲸吞蚕食，鸦片大销倾。竭我民生，毁吾兵。　我炎黄裔，同仇忾，奋忠勇，苦拚争。驱倭虏，除僵腐，旧章更，胡墟兴。改革方蓬勃，广开放，迅飞腾。民情旺，军威壮，列邦惊。更喜明珠丽埠，长枷断，归讯将丁。令同胞十亿，豪气激征程，奏凯欢迎。

王振祥

1940 年生，四川宜宾市人。新疆石河子大学原副校长，现为石大文联名誉主席。中华诗词学会会员、新疆诗词学会常务理事、新疆生产建设兵团诗联家协会副主席，出版《王振祥诗词选》等多种。

登青城山

日前游车入玉宫，云梯踏尽上高峰。
黄花铺满川西坝，遥见琼楼千万重。

遥望巫山

一坝拦腰锁巨龙，渝东顿失浪排空。
长湖一出千城没，唯见巫山十二峰。

游金鞭溪

金溪婉转似迷宫，十里画廊诗意浓。
更有垂松悬绝壁，危峰顶上立危峰。

游喀纳斯湖

神池天赐碧如油，浩渺烟波掩画舟。
动地情歌惊客梦，红鱼划破一湖秋。

壮笔重描塞外天

跃马扬鞭出玉关，雄兵十万过楼兰。
沙场鏖战平顽匪，瀚海开荒造乐园。
千里疆防铜壁固，无边漠野绿洲连。
鬓霜但有豪情在，壮笔重描塞外天。

王爱山

1939 年生，湖南湘阴人。历任喀什地委副书记、新疆维吾尔自治区供销社主任、书记等职。现为中华诗词学会会员、新疆诗词学会会长。著有《王爱山诗词书法选》三集等。

登　高

欢度重阳节，老夫情更烈。
临风一放歌，韵醉西山叶。

咏　菊

亭亭玉立姿，冠绾黄金结。
霜打不低头，高标持晚节。

红其拉甫海关感赋

甘为边塞客，不做镀金人。
策马驱狼仔，乘风驭鹤群。
朝吟葱岭雪，暮抚塔河云。
皓皓昆仑月，长年照国门。

喀纳斯之秋

不顾高山险，来瞻仙境幽。
斜阳燃紫树，瀑布挂金沟。
雕带彩云舞，鱼携碧水游。
牧歌情似酒，醉杀一湖秋。

登塔什库尔干石头城

昔日荒芜地，而今市井繁。
雪融芳草绿，雾散碧空蓝。
山险鹰飞疾，水深鱼逐欢。
攀登无限乐，志在白云间。

卧龙湾寄意

碧水长流处，深山隐卧龙。
不为三国相，宁伴一湾松。
成败谁能料，沉浮我感同。
身心常自在，胜过百年雄。

吉木乃口岸桥

一桥跨两国，中哈友邻邦。
花木连戈壁，牛羊共牧场。
云浮边塞月，风扫界碑霜。
民富商潮涌，兵强士气昂。

草原之夜

清风明月夜，舞步亦轻盈。
篝火烧天赤，萤光映草青。
歌声缭四野，奶酒醉群英。
欢笑情难尽，时钟报五更。

天山行

天遣春风伴我行，抬头又见彩云横。
多情最是溪中水，一路欢歌唱不停。

策马山头踏彩云，雪峰无语伴星辰。
问君那得颜如玉？为有冰心不染尘。

游乌帕尔乡七眼泉与朋友相聚

故地重游慰我怀，多情杨柳两边排。
一群白鸽追云上，几树桃花冒雨开。
回首当年思往事，置身此地笑蓬莱。
休言功德千秋颂，发展方为济世才。

半山亭答友人

古木扶疏绿间红，半亭秀色半亭风。
松涛滚滚秋来急，枫叶萧萧意未穷。
白鹤泉边谈白鹤，芙蓉国里赏芙蓉。
登高远眺君休问，指点江山各不同。

水调歌头·博斯腾湖感赋

大漠含珠玉，碧水映蓝天。涛声带笑迎客，花卉展斑斓。翠鸟翩翩起舞，羌笛悠悠欲醉，美景胜江南。把酒临风赋，诗洒白云间。　　昆仑雪，西域月，镜中悬。正逢西部开发，豪杰聚楼兰。志士高风亮节，老马识途引路，好事总投缘。人贵雄心壮，莫叹梦难圆。

南乡子·丙戌春日与汪上游登雅玛里克山遇雾

何事最怡神，携友登山踏彩云。桃李争春花怒放，纷纷。此日开心我与君。　　芳草绿茵茵，阵雾难驱恋景人。今得春光同一醉，销魂。赋阕陈词韵也新。

浣溪沙·棉花颂

绿海茫茫逐逝波，晨星点点汇银河。年年冷暖系心窝。　　常恨春光催白发，莫因秋色叹蹉跎。田畴风月耐消磨。

念奴娇·大漠赋

茫茫大漠，望不断、起伏延绵天接。热浪排空银汉雨，洒向天山碧叶。红柳烧云，孤烟指日，融化昆仑雪。塔河环绕，情牵多少豪杰。　　曾记西出阳关，豪情万丈，沸涌青春血。斗转星移天地改，无悔一头华发。放眼绿洲，心潮澎湃，人老情犹烈。风光如画，边陲一片新月。

满江红·重游喀纳斯湖

紫气环山，云围处，一湖秀色。抬望眼、冰峰争俏，翠连天接。碧水情留天下客，卧龙舞戏边陲月。正秋声，鸟语醉游人，心愉悦。　　世间事，终难测；人生怨，不宜结。看前程路远，物华高洁。壮志不挥忧国泪，雄心岂惧征途血。愿神州，快马再加鞭，齐飞越。

水调歌头·天池感赋

欲问东周客，何事不重来？瑶池宴会初度，风月共情怀。一去杳无音信，望断南飞孤雁，几度腊梅开。春燕年年到，依旧独徘徊。　　前人事，随风去，莫疑猜。当歌盛世，妖娆西域上新台。高速川流不息，古道长龙呼啸，黎庶笑盈腮。牧笛陶人醉，秀色动风回。

王铭先

1954 年生，河北沧县人。乌鲁木齐市水务局党组书记。新疆诗词学会常务理事。

洪椿晓雨

雄鸡唱罢夜还长，细雨潇潇破晓忙。
唤起和风犹致远，更兼润物启天良。

题黄果树瀑布

醉意雷公拔剑断，星河呼啸绿还蓝。
倾来人世应泽庶，跌作齑烟好返天。
蜃海谁持千彩练，欧泊自串万珠帘。
曾闻赣水羞黔水，却看庐山逊贵山。

北湖游

塞外名湖一叶舟，随波逐浪任漂流。
银鸥白鹭云中舞，雪岭冰峰水下游。
情侣相依倾肺腑，少儿结伴展歌喉。
老夫绕岸寻何处，更上琼楼一醉休。

玉簟秋·米泉

春 夏

盈步轻柔荦劲摇。歌也飘飘，笑也飘飘。
田间水面露黄蒿。花也飘飘，絮也飘飘。
遁入林荫任尔逍。风也飘飘，雨也飘飘。
平湖一现暑全消。发也飘飘，裙也飘飘。

秋 冬

气爽时逢晚月高。云也飘飘，雾也飘飘。
粗茶淡饭胜佳肴。烟也飘飘，香也飘飘。
浑宙寻疵路渺迢。霰也飘飘，雪也飘飘。
寂寥万籁共良宵。人也飘飘，魂也飘飘。

水调歌头·炎帝陵抒怀

龙驭鹿原去，屈指几千年。不知御体康否，儿女泪如泉。我欲乘风直上，禀报人间景况，待令架飞船。日夜惦吾祖，何日梦能圆。　　天地转，光阴迫，效先贤。毛公邓总，挥手重整大河山。处处莺歌燕舞，岁岁民安国富，盛世喜空前。炎帝泽华夏，万古谱雄篇。

江城子·一醉解千愁

同留学海几多秋，唱新筹，展鸿猷。海誓山盟，风雨唱同舟。初试锋芒始分手，音渺渺，泪难收。　　功成名就故乡游，望西楼，空悠悠。邀月举杯，一醉解千愁。无可奈何花落去，少时梦，付东流。

王菁华

1924-2007 年，江苏泰兴人。曾任《石河子报》总编辑。中华诗词学会、新疆诗词学会和新疆生产建设兵团诗联家协会会员，石河子诗词学会名誉会长，著有《中国丝绸之路纪行》等。

石城游憩广场喷泉

戈壁明珠一喷泉，晶莹水柱插云天。
半空溅落梨花雨，薄雾轻轻锁翠烟。
喷珠吐玉落缤纷，罩翠笼纱霭气氲。
水雾空濛生暮雨，彩虹奇现映残曛。

咏石河子市花榆叶梅

三月榆梅半笑开，胭脂沾露浸双腮。
倾城春色香飘逸，唤醒蜂儿抱蕊来。

林公树

禁毒销烟慑敌夷，横遭诬害谪伊犁。
携来栎实成苍树，恰似林公伟岸姿。

乾陵无字碑

巨石为碑不颂功，只雕螭首及腾龙。
是非曲直随人说，褒贬均于没字中。

塞上春

塞上初春不见春，银装素裹净边尘。
东君一旦挥长袖，转眼银氍换绿茵。

登嘉峪关

明砖清瓦岁时悠，大漠雄关气势遒。
虎踞走廊襟险隘，龙盘丝路扼咽喉。
东来雉堞冈峦远，西望烽墩斥堠稠。
华夏脊梁长万里，人间奇迹震寰球。

春日游北湖

当年苇荡野猪营，今日清波白鹭停。
细雨潇潇滋绿柳，微风阵阵起青萍。
飞龙阁下银蛇舞，翡翠亭旁画舫横。
农父笑看湖水满，荷锄秉耒闹春耕。

浪淘沙·油田行

戈壁莽苍苍，千里洪荒。沙飞石舞日昏黄。唯有天骄山麓下，汩汩油香。　　瀚海几沧桑，喜换新装。如林井架映朝阳。百丈钻机穿地壳，齐献琼浆。

水调歌头·伊宁春色

春入黄沙碛，丝路物华新。悠悠驼队销迹，车骑闹辚辚。烽燧驿亭难觅，多见崇楼崛起，百货满街陈。呼唤当垆女，葡酒酌芳樽。　　流沙道，风尘静，柳氤氲。良田万顷新拓，突突铁牛耘。曩日乌孙牧地，不再穹庐为室，山麓建新村。若是细君在，何用黛眉颦！

王野苹

1923-2000 年，甘肃民乐人。曾任新疆生产建设兵团农二师《绿原》报副总编、《农二师志》主编。中华诗词学会会员、新疆诗词学会第二届理事、巴音郭楞蒙古自治州诗联学会会长，著有《西域行吟》《雪岑诗话》等多部著作。

轮台白雪歌

1992 年暮春，兵团进山羊群为大风雪阻于黑熊沟者两日，奄奄待毙。维吾尔族女医生阿依蒂赶来牛群，踏出通道，羊群始脱险境。余深感民族情深，为轮台白雪歌纪其事。

山下香梨花似雪，山上雪飞如玉屑。
花飞翩翩连广漠，但见天马奔崖壑。
马蹄践玉行无踪，乌骓化作白银鬃。
马上姣娆一少女，红裙如火飘飘举。
矫如山鹰疾如电，刹那隐没山北面。
借问马上谁家女？轮台名医阿依蒂。
自幼学医走京门，归来乌垒城下住。
朝朝行医牧区中，风雨阴晴自来去。
天山牧区守护神，群英谱上芳名著。
昨日巡行马扎山，日暮驻马店中住。
兵团牧工喜迎宾，围炉笑谈暖如春。
天山雪鸡伊宁酒，蘑菇锦鲤错杂陈。
敬酒歌罢乐声起，卡拉 OK 曲调新。
忽地有人报凶信，急煞座上如花人。

兵团羊群阻风雪，雪深五尺路断绝。
断草断炊命如缕，黑熊沟深似虎穴。
恶耗初闻动玉容，蛾眉紧蹙起匆匆。
披巾扬鞭驰骏马，融入茫茫雪野中。
蓦见群牛出山隈，黄滔滚滚动地来。
恍如百面征鼓一时起，砉然震耳若奔雷。
滔滔奔向黑熊沟，平坦大道眼前开。
兵团牧工齐欢呼，策马驱羊奔前路。
未能酬报已无人，雪上只留牛行处。

焉耆至库尔勒道中

柳暗开都水，花飞孔雀桥。
铁门九度走，不是为梨桃。

昌吉土梁子拜民团首领徐学忠墓

萧萧铁马乱征旗，遥想当年血战时。
虎斗龙争俱往矣，平岗一脉草萋萋！

葡萄沟

百里长沟翡翠光，果消溽暑酒消凉。
交河一曲清清水，流到沟头更觉香。

登铁门关城楼

出关何用望封侯，桃李盈门大有秋。
垂老犹夸腰脚健，看山登上铁关楼。

过板桥乡值雨

荞麦杨花楸子甜，板桥九月雨如烟。
霜林一醉红于火，毕竟甘泉胜酒泉。

住轮台雨中所见

小驻轮台忘却归，长桥红树雨霏霏。
秋莺不耐儿啼苦，犹自冲烟冒雨飞。

大西海子水库

大西海子碧幽幽，揽住无缰野马头。
沙渚双双飞白鹭，稻花香里说丰收。

后峡乌库公路

云程雪路几千里，绝壑悬岩廿四桥。
最是令人消魄处，冰峰顶上射盘雕。

过石河子新城值雨

柳绿新城战帜红，楼台花木碧葱茏。
玛河两岸青青色，溶人轻烟细雨中。

阿塔草原抒情

野草粘天大雁飞，黄羊如马兔儿肥。
阿山锦厨塔城酒，不信青春唤不回。

与友人泛舟鉴湖

濛濛细雨暗山川，梦样迷离淡若烟。
一叶轻舟人两个，游人当作画图看。

送友人东归

归梦经年逐铁轮，青衫依旧染征尘。
送君不折垂杨柳，为惜边疆一点春。

有怀施生民

碎叶零虫伴寂寥，陇云塞月两迢迢。
征人戍久无归梦，雁带乡心到板桥。

忆江南

忆昔江南乘画船，吴门情韵托吟笺。
西湖烟月随堤柳，辜负韶光四十年。

过山丹

魂牵弱水梦家山，万树垂杨水一湾。
安得化身云外燕，一年一度到山丹。

过山丹平羌将军王允中享堂

断碑零落古封疆，谁识王家旧享堂。
一曲南湖清澈水，风流犹自唱平羌。

王敬乾

1944 年生，甘肃兰州人。原任伊犁州政协党组书记，现为新疆诗词学会顾问、伊犁州诗词学会会长。著有《残阳血》《雁歌行》等诗词集。

踏 青

傍溪老窖酞，席地绿千重。
芳野炊茶饭，酡颜花比红。

春 晓

春打一分始，春阳日渐高。
雪滋枯木醒，风舔嫩芽娇。
鸭戏伊江水，莺歌绿柳梢。
吾生今有幸，诗意绕狼毫。

天山行

远峰高万仞，近廓郁苍苍。
但解天山险，何知峭路长。
南峦舞残雪，北谷覆寒阳。
足健众山矮，孑身千丈岗。

抒　怀

平生征战苦，劳碌竟无功。
累死衔泥燕，忙瞎酿蜜蜂。
春园莺切切，秋塞雁忡忡。
岁暮云多暗，只祈不老松。

迎北京奥运

十三亿口又添伢，奥运催生五个娃。
贝晶欢迎妮早到，九州祈见五环花。

清水湾

碧水湾湾草木苏，枣花夹岸异香浮。
两三鹅戏清波里，一派江南水墨图。

雪　莲

雪韵冰姿玉蕊妍，一枝独秀在峰巅。
人间许是无颜色，鲜见高山一朵莲。

伊犁咏

斗转星移岁序更，苍茫古迹忆西征。
孤坟未见还魂草，牧野犹传细柳营。
天道循环存旧谊，封疆有序耻谈兵。
和谐共建山川美，雅调新声满塞城。

满江红·大震遗大爱

天府之国，不忍睹、废墟颓壁。最凄惨，万山凭吊，千河抽泣。大难撼天肝胆裂，大灾撕地身心毙。看九州儿女爱国情，烧天地。　　亲坐镇，由总理。雄兵上，全无敌。大震遗大爱，人人亲谊。抗震谁留英烈照，铭功自有人民记。勒中华德政里程碑，垂弘绩。

王善同

1954年生，山东郓城人。新疆阜康市人大常委会委员。中华诗词学会会员、新疆诗词学会常务理事、昌吉回族自治州诗词学会会长。

村　头

冰花附细柳，银发悄然垂。
桥上问来客，小儿何日归？

游乌鲁木齐

亚中新市起，一夜长楼林。
街枕天山雪，河流大漠金。
晓岚亲鉴水，书页响清砧。
身处西门外，诗风欲解襟。

喀纳斯湖舟上

两岸松山一抹青，飞驰水上藉鹰翎。
船家弃棹湖心里，夜数银河几粒星。

三清山缆车上

手挥万笏九霄重，两耳秋声步鹤踪。
欲揽三清浩然气，催云飞度玉京峰。

大山搬运工

背负青山日复年，汗流一路幻云烟。
霜梯颤颤惊人老，极顶已驼星满天。

雪原赛马

飙横霄汉入云驰，飘起红装几健儿。
蹄卷惊涛花四溅，一鞭脆响进吾诗。

东　归

口外当时朔气浓，两肩风雪马扬鬃。
而今白发回头望，不变天山那一峰。

天池夜坐

欲枕天山月下眠，松声盈耳静听禅。
钟幽铁瓦林间寺，琴远龙湫云外泉。
造化有师承法度，心情是画赖精专。
神池权作青花砚，浓墨随心到梦边。

天池冰雪节偶记

雪覆龙湫锣鼓天，人争山道各飞旋。
霜梯松挂千重白，冰壁泉凝一缕烟。
入席滔滔长寿酒，归心袅袅玉池仙。
忽听云外传风语，大寺钟声博岳边。

阜　康

问古车师两汉天，北庭坐镇字无传。
田塍痕迹诗人句，烽燧时空新客前。
逢老总闻家几代，编书爱写史三篇。
乾隆赐县风云改，物阜民康二百年。

踏莎行·沙漠寻春

迤逦情长，烟环路绕。胡杨似恨沙丘小。羡君朔漠立千年，虬枝横覆青云表。　　宝马香车，春光正好。一杯美酒休言老。醉他一片是狂生，秋天相约重阳早。

青玉案·乡思

乘龙绕过长安去，问心绪，桃花雨。明月天涯遥对语。吴刚桂下，频来片羽，正寄思乡句。　　东风不阻斜阳暮，凝目昏花鸦伏树。梦里牵襟天已午。模糊泪眼，一言难吐，白发丝丝数。

王曙光

1934 年生，江苏丰县人。新疆师范大学原学报原编辑部主任兼汉文社科版主编，副教授；现为新疆诗词学会会员。

岁末漠边农场留守

大漠冻沙凝，地窝寒火灭。
丘前晒暖人，独对昆仑雪。

菊花台

天生绝妙菊花台，别后十年大路开。
遥望风云须叱咤，腾空血马送行来。

塔中　二首

(一)

瀚海翻新大笔圈，山镶漠砌绿洲环。
路龙管道天然气，直捣高楼大市间。

(二)

塔中二路创新秋，绝域通关应壮游。
老少边穷增富贵，昆仑起舞伴东流。

悼学长彭加木

绿岛文明灿烂时，百年发现鲜人知。
楼兰城外风呼啸，是吊国魂壮烈诗。

一剪梅·白玉河重游

白玉河边仙枣庄，沙枣生香，籽玉生香。绿茵醉卧享春光。魂寄霓裳，梦系霓裳[①]。　　衡雁归来乐未央。故地情深，新意无疆。遥观玉岭远天长。身傍琼乡，更恋琼浆[②]。

【注】

① 霓裳羽衣曲，指和田乐舞。笔者所撰《玉美人》话剧被新玉文工团改编为舞剧，常演不衰。

② 琼浆指和田玫瑰香、肉苁蓉、石榴等名酒。

王瀚林

1959 年生，湖北天门人。现任新疆生产建设兵团党委宣传部副部长。中华诗词学会常务理事，兵团诗联家协会主席，著有《兵团组歌——屯垦戍边唱大风》等。

准噶尔屯垦歌

瀚海旌旗过西凉，铁流千里进新疆。
迪化空运扎营盘，屯垦自此谱新章。
积雪没膝篷帐单，北疆剿匪五更寒。
仗剑烽烟横大漠，铁骑擒得乌斯满。
露宿风餐和平渠，爬犁列阵三十里。
热汗湿衣成铠甲，将军顶风拉片石。
弹指创业五十秋，故友今逢已白头。
君不见五家渠旁军垦大厦拔地起，
文化广场五彩霓虹映绿洲。
君不见蔬菜大棚棚外三九棚内春意暖，
工业园区棉纺油脂企业竞风流。
今日漫步长征路，炬火传薪誓不休。
奉献青春奉献子孙唯愿金瓯无限好，
杀敌流血生产流汗不为勒石西陲觅封侯。

题云窝寺

晴空何处走惊雷，拍壁飞泉雪满堆。
最喜东门红豆树，高枝长引彩云归。

亚热带植物园掠影

棕榈竹楼妆碧池，青山衔日牧童归。
林中孔雀效情侣，故对游人倚颈偎。

傍晚过泸江公园

灯光十里映天街，隐隐歌声暗入怀。
水底楼台轻作舞，茜裙摇桨月边来。

吐鲁番农场剪影

绿潮滚滚来天外，峡谷迷人香四熏。
苹果低垂青覆地，白杨高耸碧连云。
杏留远客黄缠袖，桃喜轻车红绕裙。
塞外江南游不够，几回梦里又重寻。

登苏公塔

苏公塔上白云飘，放眼河山分外娇。
雪岭长龙压曼碛，明湖阔带泛兰桡。
火洲热浪冲天起，田野歌声动地高。
应信重游瞭望处，绿洲处处涌春潮。

开永彬

1982 年生，河南新蔡人。新疆生产建设兵团党委统战部干部、兵团诗联家协会理事。

长相思·秋韵

叶儿黄，草儿黄。雨水冰凉初打霜。抬头雁几行。　　人彷徨，影彷徨。落木萧萧花更伤。月华照故乡。

浪淘沙·春色

暖日照天山，细水潺潺。柳枝轻拂艳阳天。大雁北归芳草绿，春到人间。　　紫燕舞翩跹，袅袅炊烟。杜鹃声里好耕田。彩蝶纸鸢相映美，欢乐家园。

浪淘沙·水磨沟踏青

相约赏春晴，天阔云轻。闲庭款步莫须停。溪流清泉如玉带，绿藻盈盈。　　画阁对凉亭，杨柳青青。八方情侣入花屏。蝶舞蜂飞春意闹，一片深情。

十六字令四阕

秋，衰草连天莫自愁。夕阳下，静看水东流。

凉，万类霜天百花伤。星河转，庭院夜苍茫。

霜，大漠胡杨叶转黄。天时冷，举目雁成行。

忙，旭日东升夜未央。匆匆去，光照万年长。

尤昌安

1970年生，河南太康人。现任新疆和田地区文联秘书长。新疆诗词学会会员，著有诗集《漠上吟》。

和田绿洲偶咏

河畔青葱揽翠屏，飞车尽在画中行。
蓝天下面田畴阔，碧树当中道路平。
村舍常怀新气象，乡农惧记旧时情。
日沉暮色云霞暗，访绿人归伴月明。

秋游和田色格孜库勒

十年人事两茫茫，今又歆名赴色乡。
觅句田园秋正好，吟诗杨柳叶初黄。
发财莫弃萄实小，致富还凭大芸长。
听罢老朋谈巨变，犹观农户币盈囊。

甘学文

1949 年生，湖南宁乡人。在新疆呼图壁煤炭运输公司工作。呼图壁县诗词学会及新疆诗词学会会员。

田园春早

柳辫莺娇万物苏，耕民沃野舞银锄。
披霞踏露农时抢，巧绘田园锦绣图。

赞绘画艺术

心随笔运墨淋漓，画意诗情悟性奇。
万象森罗神韵聚，犹如芥子纳须弥。

赞书法艺术

屏气凝神挥洒疾，浑然一体龙蛇逸。
羊真孔草底功深，范篆萧行风骨立。

丹 碧

1946年生，蒙古族，内蒙古自治区库伦旗人。新疆师范大学文学院教授、新疆诗词学会常务理事。出版学术著作多种，与星汉合作编译《历代蒙古族汉文诗选》一部。

眺特克斯河

银带千寻出碧山，百泉水汇野羊滩。
平川万里流香奶，歌起毡乡骏马鞍。

游阿勒泰市桦林公园

金山秋色最迷人，碧水银波更动情。
白桦园林留远客，放怀处处玉亭亭。

偶感 三首

(一)

青天不羡鸟高飞，池浅牛蛙正显威。
一跳一伸潇洒甚，管他大海起灵龟。

(二)

粗疏总惹是和非，无故无缘招惧危。
回首平生多坎坷，言狂不改又贪杯。

(三)

糊涂之后复糊涂，自笑聪明一点无。
五十年过不开窍，原来一个木葫芦。

毛乃舜

1924年生，河北安平人。新疆生产建设兵团原副司令员，现为兵团诗词楹联家协会名誉会长。

火焰山行

屯兵火焰山，大漠变良田。
万亩葡萄熟，金秋瓜果鲜。

塔里木行

塔河汹涌水长流，截坝分流灌绿洲。
野马无缰今俯首，喜看旱涝保丰收。

老兵抒怀五首

（一）

攻克西宁过白山①，狂风卷雪黑云寒。
河西昼夜兼程过，天降神兵歼敌顽。

【注】
① 祁连山古称白山。

（二）

远征西域出阳关，创业艰辛疆界安。
十万精英抒壮志，戍边屯垦在天山。

（三）

十万雄师百炼精，荷戈戴甲事农耕。
金瓯永固八千里，不教胡骑窥国门。

（四）

跃马天山四十秋，屯边已白少年头。
时来悟得诗书趣，一夜春风染绿洲。

（五）

挥毫岂是想成家，吾已年高两目花。
安得身心云水静，好将晚景作朝霞。

毛民生

1940-1994 年，陕西人。新疆维吾尔自治区纪检委员会办公室原主任。新疆诗词学会会员。

谒康西瓦烈士墓

昆仑山脚下，烈士驻仙乡。
凛凛冰霜冷，铮铮铁骨香。
英雄抗敌寇，热血洒边疆。
谒墓呼同志，忠魂永放光。

毛维公

1941 年生，山东冠县人。新疆八一钢铁集团公司退休干部。新疆诗词学会会员。

咏文竹

郁郁葱葱碧玉丛，轻盈潇洒雾蒙蒙。
千层春意蕴烟雨，竹韵松风正气浓。

彩云追月

横吹笛子竖吹箫，音韵悠扬荡九霄。
印月琴声流水意，动人晚会醉天骄。

游乌鲁木齐南山

松塔层层座远山，飘缥云雾绕峰巅。
天生一幅峨眉景，梦里依稀到剑南。

尹汝宁

1936 年生，河北博野人。山东省郓城县离休干部，易地安置于新疆博乐市老干局。现为博州老年诗书画学会会员、新疆诗词学会会员、中华诗词学会会员。

临江仙·国家游泳中心水立方

定是精通神术，始成变幻魔方。许多泡泡挂冰墙。身披蓝锦缎，又著彩衣裳。　　外面晶莹剔透，里边富丽堂皇。新奇设计创辉煌。何当传捷报，屡见国旗扬。

八声甘州·博尔塔拉河

像巨龙滚滚向东流，浪花闪银光。见河滩沙细，白杨挺拔，绿柳成行。马鹿河边觅草，沙棘沁芬芳。行进林阴里，遍体清凉。　　浇灌良田万顷，又汇成水库，滋润家乡。闻歌声，林中传出；走过来，英俊牧羊郎。人含笑，点头而去，蒙调悠扬。

念奴娇·连云港花果山,步张孝祥韵

远方游子，过齐鲁，来觅云台秋色。满目峰峦看不尽，俱是红花绿叶。玉女峰危，水帘洞妙，涧水皆澄澈。西游遗迹，久经群众传说。　　别五十余年，蹉跎之际，仍葆清如雪。白发无情焉可改，襟抱依然开阔。大海连云，田原披锦，感动西疆客。凭栏长啸，畅游不负今夕。

南歌子·车行阿拉套山

曲折盘旋道，悬崖峭壁山。碧峰赭岭紧相连。带雨含烟幽谷荡晴岚。　　人在车中笑，车从崖下穿。花丛草甸伴清泉。拱卫边陲已是万千年。

相见欢·登阿拉山口边防岗楼

碉楼耸立山前，铁栏干。沐雨迎风无悔，度华年。　　树宏愿，献肝胆，保江山。以哨为家荣耀，广流传。

西江月·宿葡萄沟之葡萄山庄

一所堂皇楼院，两厢赭色山峰。葡萄架下绿荫浓，是夜连连好梦。　　晨练并无暑气，吹来只有凉风。朝阳初起碧空中，忙把快门按动。

行香子·游博乐滨河公园

湖里波平，岸畔园青。好时节、万物欣荣。曲桥幽径，蓼渚烟汀。见人含笑，蝶飞舞，燕争鸣。　　赏心画舫，悦目山亭。布谷鸟、阵阵催耕。如茵芳草，似锦红英。正艳阳照，东风暖，柳枝轻！

江城子·过达坂城白水涧道

车行优美画屏中。草茸茸，雨蒙蒙。两侧天山，陡峭数奇峰。河水滔滔流涧道，声作响，直朝东。　　一年四季起狂风。震长空，怒蛟龙。吹偃胡杨，商旅不能通。自古咽喉襟带地，心浪起，对苍穹！

满庭芳·艾比湖

盆地西缘，国门东侧，一颗璀璨明珠。塞风常伴，边月照荒芜。钾镁存藏亿万，更兼有，虫卤菖蒲。居民唤，齐布哈尔，意译向阳湖。　　宏图。停脚步，沿湖地带，芦苇滩涂。见毡帐星罗，惊散飞凫。土尔扈特蒙古，牧歌起、裙带飘舒。阿妈笑，帐前伫立，招手把人呼！

水调歌头·温泉县阿尔夏提森林公园纪游

行进激流岸，纵目险峰巅。山松挺拔无际，峭壁水云间。更有悬桥四道，又见游人纷至，峡谷涌青岚。边塞探幽处，壮丽好河山。　　伴诗友，临佳境，品甘泉。田征乘兴，俄顷挥笔一笺传。早岁曾来劳作，跨马匆匆走过，今日换容颜。游览归来后，夜半谱新篇！

永遇乐·游赛里木湖

日丽风和，天高云淡，山雀飞舞。绿柳行行，牛羊阵阵，两侧峰峦布。湖边笼翠，山头积雪，偶见数行鸥鹭。这分明，神仙境地，世尘如何能睹。　　边陲胜地，骚人迁客，先后曾游此处。亮吉西来，途经灵壤，遇雪行程阻。寿阳韵士，天光水色，感叹天涯归路。抬头见，环湖列帐，察哈尔部！

沁园春·游温泉县鄂托克赛尔水库

大坝拦河，对峙双峰，硕大玉盘。爱天空云起，水中鱼跃；岸坡铺翠，湖面笼烟。蜂闹花丛，鸟鸣柳带，游子心回山水间。山梁上，见彩亭俊美，赭石巉岩。　　闲来拾级登攀。性平淡，才能天地宽。幸耳聪眼亮，身康体健；心怀旷达，终得平安。虽届桑榆，雄心犹在，世界风云胸际翻。吾何悔，愿沧州寄兴，终老林泉！

邓　荃

1906-2002年，湖南湘潭人。新疆奇台县第一中学语文教师。著有《诗经国风译注》《红柳集》等。

呼图壁河

高岸神刀削，洪涛吼似雷。
推沙排漠去，稻麦万千堆。

九寨沟

枫叶漫山红，飞泉挂雪峰。
湖多清异色，入夜听吟龙。

太湖鼋头渚

朝日鼋头渚，舟飞水拍天。
翠柳纷如线，充山半岛前。

库尔勒行

塞上小江南，清泉出玉山。
门前千柳碧，院内百花酣。
垂钓溪边乐，泛舟湖上欢。
香梨嫩黄熟，芳誉越遐关。

访维吾尔族诗人鲁·木塔里甫故居

红杏花开两岸深，依山尼勒水湛湛。
彩霞薄暮园林外，莫不诗翁独自吟？

湘潭雨湖早春

望湖亭畔柳毵毵，春水初生觉嫩寒。
燕子未归花未绽，风涟滟滟伴轻衫。

邓世广

1946年生，辽宁阜新人。新疆中医学院图书馆原馆长。中华诗词学会理事、新疆诗词学会副会长、《昆仑诗词》主编。

雪　莲

落寞生涯不计年，一花独放远尘烟。
若从冷艳评高洁，谁敢天山比雪莲？

红　柳

休说皮红心不红，惯经烈日与霜风。
茫茫大漠阳关外，独伴驼荆对碧空。

在阆中贡院副主考座位留影

大堂危坐自庄严，目不斜观正气添。
今日我操生杀柄，此间何物敢伤廉！

访白哈巴图瓦人木屋[①]

不是当年蒙古包，西征旧事梦何遥。
三军旗卷风云变，万马蹄翻魂魄消。
木屋可曾怀朔漠，金山早已逐商潮。
大汗绣像高悬处，谁与弯弓论射雕？

【注】

① 图瓦人乃蒙古族之一支，据云系成吉思汗率军西征时，留驻阿尔泰山之老弱伤病部属。

那拉提草原走马赠伊犁诗友

扬鞭揽辔欲何之，正是雕盘草绿时。
马背待聆风猎猎，人生已品日迟迟。
吟青霜鬓酬君酒，唤醒乌孙笑我痴。
此去行踪不须问，半循山水半循诗。

访伊犁林则徐纪念馆

尘襟犹带虎门烟，上谕昏昏令戍边。
浊酒一杯家万里，谪诗半卷梦三年。
乌孙山冷长存雪，赤子心寒敢怨天？
幸有煌煌青史在，孤臣功罪自昭然。

北疆采风期间，适值贱降之辰，因秘制自寿一律，今始示人

六十一年修此身，半生蹭蹬半生贫。
官微固责曾投鼠，俸薄皆因不敬神。
幸有清风充短袖，尚余浊酒醉芳邻。
敢云仁术谁如我？济病扶危情最真。

北庭都护府遗址怀古

半似南柯半似真，残垣犹见旧时痕。
旌旃卷处烟尘起，鷩橥鸣时日月昏。
一将功成枯万骨，三边事了靖千村。
登临我欲倾樽酒，祭酹庭州游荡魂。

铁门关怀古

天山弥望雪皑皑，梦断前朝画角哀。
一剑横关飞鸟绝，两峰衔月暮云开。
题诗轻掷封侯笔，对酒长怀倚马才。
人去空余门似铁，依稀风送戍歌来。

戊子仲秋,余应邀偕新疆文化界友人访问奇台古城酒厂,作家程万里先生拥抱酒缸合影,醉态可掬,因题此照

酒城深处任徜徉，遑说红尘第几章。
志在鹏程思万里，情耽春瓮对千觞。
唯精唯妙霜毫健，如醉如痴蝶梦长。
慷慨人生谁唤醒，唾壶击缺听铿锵。

天山饯别蛰堪申如启宇伉俪酒后感作,不计工拙,唯信情真耳

丝路迢遥迹已陈，一囊一剑证前因[①]。
汉唐风月天山老，燕蜀文章气象新。
信有诗中真手段，尚余酒后好精神。
殷勤清夜潇潇雨，为使归程不染尘。

【注】

① 启宇飞抵新疆诗云：“想象汉唐游侠意，一囊一剑到天山。”

登阆中滕王阁并寄洪州①

高阁登临感废兴，巴山洪府各峻嶒。
一文天亦怜微命，两律亭何薄少陵。
锦石丹梯因可睹，落霞孤鹜固难凭。
行吟不是君王事，回首云间紫气凝。

【注】

① 唐高祖之子李元婴建阁两处，洪州滕王阁因王勃之《滕王阁序》名扬遐迩，阆中滕王阁虽有杜甫之七律《滕王亭子二首》，而名气逊之。实则阆中之阁依山俯水，构建奇伟，气势尤胜。

剑门关谒汉将军姜维墓

一揖非关偿夙因，将军以死靖兵尘。
未吞司马长遗恨，能继卧龙甘守贫。
落日于今仍照影，英魂借此暂栖身。
总缘所剩唯肝胆，千古终无盗墓人。

念奴娇·伊犁纪行

伊州寻梦[1]，看伊州山水，伊州风月。我访伊州兼问酒，为使诗多清冽。岩泻甘泉，草铺春色，峰顶千秋雪。晴岚开处，岫云烟树明灭。　　回望鹰隼盘空，马嘶溪畔，花引翩翩蝶。人唤穹庐拼一醉，鱼脍炙脔罗列。休说林公，解忧故事，率尔同饕餮。且充枵腹，再从云栈攀越。

【注】

① 伊州即伊犁哈萨克自治州，新疆名酒“伊力特曲”产于此地。

念奴娇·喀纳斯湖步张孝祥韵

玉壶携酒，越金山，来寻湖上秋色。怪石峥嵘方过眼，又见层林红叶。弯月滩头，卧龙梦里，无语寒流澈。鱼踪难觅[1]，惆怅待向谁说？　　升阶伫立危亭，凭栏四顾，目断千峰雪。俯瞰深潭凝碧玉，真觉胸襟开阔。脚下波光，心中浩气，恍若青云客。一声长啸，瑶樽不负今夕。

【注】

① 传说喀纳斯湖中有怪物，有人目睹是大红鱼，长逾数丈，可吞食牛羊。惜未能亲见。

水调歌头·额尔齐斯河寄意[①]

欲向大河问，何事不流东？千秋休说功罪，毕竟属尧封。短棹渔歌唱晚，歌送稻香两岸，烟柳郁葱茏。归牧笛声里，落照映芳丛。　　顾此情，对此景，话从容。西行路远，前程鲜有万花红。须信北溟冰厚，盍若回澜故国，春意正融融。待汝还乡日，一醉共金风。

【注】

① 额尔齐斯河发源新疆阿尔泰山南麓，西经原苏联境内，向北流入北冰洋。

八声甘州·博斯腾湖泛舟

借澄湖碧水浣尘襟，乘醉驭轻舟。唤低徊鸿雁，新盟鸥鹭，偕与同游。潋滟晴波鱼跃，笛弄采莲讴。沧海平生意，已任沉浮。　　此际悠然谁会？正夕阳红处，霞染芳洲。折蒹葭寄远，应解寸心柔。叹当初，春风误我；笑痴愚，秋雨未绸缪。今衰矣，把豪情减，慵计身谋。

贺新郎·酬巴州诗友饯行

把盏沉吟久，算平生、风云意气，长萦襟袖。阅尽沧桑余一笑，回望天山冰厚。料峭处，高寒依旧。休说夕阳添妩媚，叹夕阳总比朝阳瘦。星象理，未参透。　　回春仁术胸中有。检青囊，丹方半册，半壶清酎。我治沉疴非止药，堪使秦医俯首。唯自恃，能诗能酒。酩酊为酬宾主谊，况樽前殷切声歌侑。多少事，置身后。

水调歌头·赛里木湖

屏处雪峰北，襟带果林东。金沙碧草斜岸，远树接芳丛。湖水清澄如镜，仿佛轻声告我：表里与君同。不共俗人语，谈笑对熏风。　　栖天鹅，翔鸥鹭，隐鱼龙。渊深亘古难测，独向晚霞红。欲驾扁舟一叶，阅尽烟波万顷，恍在画图中。至此思呼酒，合使醉千钟。

邓汝文

1924 年生，上海市人。先后在二野司令部、中央军委和阿勒泰军分区工作。现为新疆诗词学会会员。

咏　史

项羽入关初，咸阳遂已墟。
腐儒逃一死，珍惜未烧书。

乌江渡

渡口低山似伏骓，重瞳宁死耻重回。
若教换了刘隆准，面目全无依旧归。

阿勒泰即景

门前急水催竞渡，窗外崇山劝上楼。
紫塞经冬春又绿，无边胜景在前头。

邓健鸿

1919-2001年，湖南浏阳人。新疆工学院原教务处处长。新疆诗词学会会员。

边城春晓

边城春晓杏花迟，黑鸟呼朋逐顶枝。
夜雨几声敲碎梦，似曾缥缈访天池。

伊犁河大桥

伊河西去入巴湖，秋色宜人胜画图。
瓜果飞车桥上过，清香和绿染吟须。

游红山公园

濯濯童山镇恶龙，百年曾此听哀鸿。
红旗卷上乌河水，湖畔春花别样红。

游乌鲁木齐水上公园

三年前到此园游，景点频增竞上游。
缩尺长城添凝力，冲天翻斗引人流。
龙舟竞赛迎佳节，快艇兜风却暑忧。
花伞新装随处见，童声笑语越墙头。

方国礼

1954年生，安徽枞阳人。曾在国防科工委新疆某基地任上校处长，转业后任安徽日报报业集团发行中心主任。中华诗词学会、新疆诗词学会会员，编著有《罗布伯诗草》《壮我神州——两弹一星诗词集》等。

胡 杨

胡杨有泪未轻弹，生死三千耐岁寒。
郁郁葱葱春又是，顶天立地逼云端。

阮郎归·挥师罗布泊

雅丹风貌是天书，豪情天际驱。几番欣读下功夫，劝君休笑愚。　飞鸟绝，荻芦枯，渔郎留旧厨。玉关别后天地殊，莽原沙碛铺。

好事近·戈壁创业

瀚海舞台奇，锄落又添新页。采石制砖修路，借遥天星月。　帐篷难御暑寒侵，地窖作城阙。理想高天酣战，任难关飞越。

临江仙·勘察试验场区

放眼无涯罗布泊，一支劲旅耕耘。朝霞暮色伴辛勤。御寒营帐冷，避暑紫烟熏。　　打井挖坑忙筑路，干粮咸菜芳馨。满身汗味惯相闻。改天凭赤手，选场建殊勋。

酒泉子·号令

挥笔情浓，号角催人戈壁涌。八方会战协同时，只恐我来迟。　　耸天铁塔朝霞染，且待东风燃火焰。天摇地动起欢歌，浩气壮山河。

西江月·核试验场

不见刀光剑影，更无炮火硝烟。帐篷秉烛照无眠，奋笔宏图呈现。　　物换星移志壮，寒来暑往魂牵。惊天动地梦初圆，热血青春奉献。

满江红·首次核试验

几载耕耘，同甘苦、拓荒戈壁。肩重任、淡名忘利，奋飞张翼。铁塔凌云奇志涌，风沙遮眼丹心觅。且埋头追赶献华年，争朝夕。　　神火灿，蘑菇茁；尘土灼，波光速。笑西方讹诈，噪鸦声失。铸炼歌酣秋日果，振兴业壮春雷疾。算率师折桂溢清香，倾心力。

渔家傲·雁翎队

碧水清波舟竞渡，白洋淀里挥刀斧。出没苇丛寻智取。旗高举，雁翎小队身如虎。　　上下翻飞灵鸭顾，绿荷为我金刚护。大喊一声飞弹雨。歼强虏，水中搏斗倭兵惧。

菩萨蛮·八角楼

峰高雾绕苍天碧，山风卷浪林涛急。谁解国人愁？掌灯八角楼。　　夜深寻马列，欲补金瓯缺。茹苦唤工农，飘飘旗更红。

清平乐·朱德挑粮小路

羊肠小道，石板磨穿了。百十来斤难不倒，字刻扁担皆晓。　　身先士卒元戎，挥师激战豪雄。筑起铜墙铁壁，笑他围剿成空。

采桑子·兰花坪

柔情圣地曾携手，一片心丹。自有心丹，烈火中生九节兰。　　抛头洒血奇儿女，改造河山。早换新颜，栽向京华泪始干。

桂枝香·翠螺山

青松翠竹，看郁郁葱葱，鸟鸣嘉木。牛渚矶头浪涌，巨轮飞速。五星旗曳帆樯上，舞东风、正传新曲。北来南往，踏波远送，铁沙金谷。　　喜遍地琼楼画幅。信改革开放，史诗同续。常忆神螺相助，寄怀情笃①。春山不老清溪唱，料诗仙草圣堪足②。眼舒心壮，霞光织锦，溢香披绿。

【注】

① 神螺：相传翠螺山由一螺蛳变成。

② 诗仙草圣：指翠螺山下有纪念诗仙李白的太白楼和当代草圣林散之艺术馆。

满江红·过燃犀亭

浩渺洪波，千万里、奔腾不息；怎忘却、几多神话，几多功迹。采石矶头平浊浪，翠螺山上生威力。忆燃犀照水伏妖魔，惊心魄。　　分憎爱，知得失；明善恶，扬高格。近古亭遥看，满山生色。万吨江轮通四海，千年石路分三级。正春花朵朵蝶儿忙，阳和日。

虞美人·相思泉

多年暗恋何人晓？别后音书渺。诗仙寻梦恨难圆，枯冢山隈已隔两重天。　　泪如珠下随泉去，滋润相思树。清溪碧水汇江河，歧路弯弯不息注心窝。

金缕曲·寄远

久别真情吐。倍思亲，又逢佳节，风和日煦。往事堪悲君知否，骨肉分离最苦！纵挂肚牵肠难诉。精卫功高填沧海，信女娲炼石天能补。扶砥柱，吾与汝。　　前番铸错今朝悟。喜相闻、鸡鸣犬吠，往来情注。且息干戈通商旅，一统江山留誉。泯怨恨，当超千古。架起金桥奔富路，创繁荣气象凭谁侮？举大业，擂征鼓。

左 齐

1911-1998 年，中国人民解放军少将，曾任新疆军区副政委。

农垦曲

和平建设办农场，战斗荷锄两内行。
犹记当年驱战马，不因今日换戎装。
架下葡萄浓荫凉，垂枝串串碰头香。
重逢昔日老班长，促膝殷勤话战场。

左生枝

1931年生，河南商城人。巴音郭楞蒙古自治州一中退休教师。新疆诗词学会会员。

写于两会期间

大道崎岖远，前行不畏长。
春风攒众志，蓄势斗冰霜。

沙枣赞

携儿带女戍边疆，默默无言对大荒。
叶借银棉三点白，果沾金稻一分香。
花繁无意招蜂蝶，刺锐有心防兔羊。
曲干虽难成梁栋，挡风护绿赛铜墙。

梨城节庆

咚咚手鼓震苍穹，彩帜飘飘映日红。
老叟场中挥利剑，巴郎街上舞金龙。
东山披绿添新貌，孔水扬波展笑容。
入夜喜看喷焰火，心花怒放上晴空。

满江红·咏东归

暴虐沙皇，欺凌我，土尔扈特。渥巴锡，义旗高举，群情激烈。故国山河霞映日，异邦疆土云遮月。返乡路，认识启明星，循先哲。　横征恨，誓必雪；归国志，心如铁。凭巴图敌忾，踏平拦截。拚死砸开奴隶锁，求生甘洒英雄血。终建成，巴音布鲁克，千秋业。

忆江南·知足

吾老矣，白发鬓边生。朝雾迷茫野寂寂，晚霞靓丽喜盈盈。知足一身轻。　人虽老，雨过见天晴。和煦风中博湖泳，清辉月下读昆仑。越活越年轻。

龙　韬

1927-2005年，重庆璧山人。伊犁哈萨克自治州纺织品公司退休干部。新疆诗词学会会员。

忆青年时单骑由新源赴河精尔都司过冰达坂遇崩雪脱险情景

平地惊雷万鼙鸣，气流滚滚山欲倾。勒马停缰一回首，望眼浑迷心怦怦。谷底虹冲白日黯，冷风扑面挟雪英。爱驹狂嘶忽驰骤，驮我脱险庆再生。一生几历生死界，至今犹自忆长征。

虞美人·春归

数声杜宇鸣芳树，报道春归去！东风细雨夜频催，朝起落红铺道乱成堆。　　韶华易逝如流水，壮志仍难已。凭君莫话少年游，西下夕阳回照景尤优。

史 文

1927-2000 年，甘肃庄浪人。生前曾任伊犁哈萨克自治州《科技报》副总编。

庚午元宵

花城春讯早，天马啸东风。
灿烂元宵夜，笙歌震太空。

西域情

西域诗情西域魂，群贤荟萃写昆仑。
今番碛北非边塞，杨柳春风满玉门。

史耀华

1959年生，河南郸城人。新疆民用建筑设计院院长。新疆诗词学会常务理事。

雅山高第

大圣雄风染域西，雅山吐翠彩云低。
欣得妙手开高第，且让神仙伴我居。

夜泊奉节

东风载酒慰游船，饮罢泸州意未酣。
眺望江天询滟滪，群星伴我忘流年。

莫合台行吟

远　望

大漠起城楼，宏图放眼收。
青龙屏大漠，白水护芳洲。
铁马期云梦，甘泉润绿畴。
遥迢关塞地，岁月递沉浮。

秋 意

大道朝天阙，登高阅紫黄。
青山缠玉带，霄汉舞霓裳。
碧草惜时令，芳菲忆海棠。
秋风游子醉，信手采春光。

进疆三十一年感怀

当年跋涉赴边戎，岁月烟云怅望中。
晓梦吟来天外雪，长歌荡卷域西风。
曾将汗血邀春水，又起宏图染上穹。
喜看嫦娥奔月去，归来把盏问英雄。

沁园春·天池

银象奔驰，过雨松林，碧水若裁。看惊湍飞泻，雄鹰濯翅；天光云影，共此徘徊。处子无言，西人欢舞，王母轻歌妆罢来。凭斯水，映春秋冬夏，风爽星白。　　登临遑论荣衰，画图里通衢次第开。问群峦记忆，神工鬼斧；移峰遣兀，播柳植槐。岁月如诗，茫茫往事，笑慰熏风驻镜台。须回首，唤祥云千顷，际会情怀。

念奴娇·北庭秋感

秋风古道，见群峰布阵，雪云相济。野马归来披赤胆，为问乡情千缕。壁垒犹存，庭州护府，浩浩英雄气。天翻地覆，酿得硅木如玉。　　万里鏖战荒原，绿洲深处，砺剑迎春雨。油海乌龙波涌浪，梦醒远古戈壁。烽火台边，龙族怒啸，振翅云端际。凭高东望，壮怀翻飞苍碧！

满江红·访小浪底

不见邙峰，承秋雨、丹阳何处？临胜景、天心地胆，彩虹飞度。浪底云烟拘魅鬼，惊涛裂岸花攀树。第一津，万里看黄澜，河图雾。　　鏖兵地，操之误；驰骏马，逐神鹿。忆武王伐纣，铁戈狂舞。圆梦阁中说杜酒，王屋山下翔鸥鹭。邀明月，抚浪放长歌，洛神赋。

金缕曲·大河村遗址

挥手天山路。问黄河，轻推麦浪，遍读今古。冬夏六千沉幽梦，仍见昂扬阔步。且不论，刀耕良苦。陶塑茅屋遗迹在，有履痕，北望中华柱。风雨雪，几曾住！　　权将热血催寒暑。总长嗟，文明华夏，此时起筑。烈焰升腾龙虎气，装点神州风物。路漫漫，英雄无数。厚土一方留画卷，看碧空、曾摄先人舞。云共月，作歌赋。

水调歌头·岁聚

归客扰秋露，燕赵尽欢颜。喜欣愁楚相诉，推盏觅谪仙。华夏东西南北，万里春光普度，一望碧云烟。且伴古风舞，渤海起波澜。　　水凝翠，山让路，数流年。晓风嫩月，辞冀来晋饮名泉。看罢龙吟金戈，咨肆神州图画，缚鹿到山南。顾指远征路，北斗正阑干。

田　征

1938年生，本名志英，字修远，原陕西渭南人。博尔塔拉蒙古自治州中级法院原法官；现为中华诗词学会、新疆诗词学会会员，博州老年诗书画学会副会长。

边塞寄情

雄关藏剑气，坦荡草原心。
风雨规无矩，宦途浮有沉。
山高云聚散，林密径幽深。
莫逐名和利，箴言淡泊寻。

李白故乡碎叶城废墟题照

襁褓骚魂梦，沧桑碎叶城。
残阳遗断壁，荒漠覆清凌。
一代诗仙毓，千秋浩气生。
山川长忆尔，日月寄君情。

登伊犁惠远钟鼓楼忆林则徐

焚烟御敌凯旋还，城下之盟方恨天。
纵使充军于塞外，仍留赤胆在人间。
湟渠遗爱芳原阔，槲栎冲霄铁骨坚。
极目远洋看世界，楼头钟鼓寄忠贤。

登阿拉套山

阿拉套山耸入云，连绵千里阅晨昏。
自来灵岳作屏障，端赖神鹰卫国门。
岚气绕峰峰聚翠，羊肠盘道道离尘。
松涛雪岫谁人写，水墨丹青着意皴。

怪石峪

满山怪石状嶙峋，鬼面猫头各现身。
孔雀鹰雕真似假，狮王天狗假犹真。
河川日月经风雨，天地阴阳隔晓昏。
造化神奇沧海易，自然人类共依存。

西江月·海西游

乳海微风浅浪，峰头积雪连霄。晴岚缥缈绕山腰，无际鲜花芳草。　回看松杉高耸，又听泉水轻敲。牛羊觅食乐逍遥，冲浪游船呼啸。

鹧鸪天·阿拉套山写生

初试丹青技未深，写生习画赴山林。重峦盘道轻车上，芳草松阴任我吟。　　明似雪，艳如金。山花烂漫醉人心。云蒸雾霭山川秀，雨过天晴幽趣寻。

西江月·西域情怀

雪里巨松苍劲，沙丘红柳妖娆。彤云赤日暑难消，明月清风独好。　　西度龙沙途畏，偏居关塞情高。天山叠嶂雪莲娇，大漠胡杨不老。

浪淘沙·七旬追思

西域望秦川，远隔祁连。天山日月照胸间。羁旅浑忘身是客，步履流年。　　剑气锁边关，牛羊安闲。长河朔漠度时艰。第二故乡情意切，鬓发皤斑。

沁园春·改革礼赞

岁晚凝寒，扫尽残云，消尽余霜。正中华崛起，春风化雨；巨龙腾跃，秋实盈仓。回归港澳，飞升船箭，惠及民生百卉芳。开京奥，构和谐社会，屹立东方。　　三中力辟新航，振兴日，英雄步履昂。惜文明故土，多曾锁国；丰饶大地，遍撒穷乡。起看寰瀛，竞争经济，奋发图强战略扬。随时代，赖明公鸿论，再续华章。

水调歌头·神游鄂托克赛水库

久别青龙口，不见磨坊头。廿七年间过去，大坝锁清流。库里金华日暖，湖畔岩苍柳翠，山冈彩亭修。边塞兴农牧，粮畜自丰收。　　昔春旱，复秋涝，社场愁。拦河筑堰，防洪蓄水解民忧。欣看鱼翔自乐，更爱鸥飞嬉戏，乘兴拨轻舟。骀荡和风畅，幽谷梦魂游。

念奴娇·中国第一太空人,用东坡中秋词韵

茫茫宇宙，望星球运转，从容无迹。稳驾神舟空际起，浩瀚云天呈碧。勇士寒暄，同行道贺，身在重霄国。人间一日，上天半月游历①。　　华夏分鼎苍穹，莫忘万户②，幸作星云客。但得太空能建站，劳顿栖身朝夕。不负谆谆，终成使命，凭展神龙翼。流连更轨，平安回落号笛。

【注】

① 指神五巡空21小时,每绕地球一周1.5小时,实绕14周,当见15昼夜,其时在地球不足一日耳,故谓之。

② 万户,指曾尝试用火箭飞天的我国明代官吏万户。

田松林

1935 年生，河北顺平人。博尔塔拉蒙古自治州原林业局副局长，工程师。博州老年诗书画学会会员、新疆诗词学会会员。

精河赞

融雪出天山，精河湖沼连。
农林浇万顷，幸福乐千年。

艾比湖

准噶边缘艾比湖，博尔塔拉一明珠。
千年横卧古丝路，欧亚桥连入坦途。

赛里木湖畔款待侄女

乳海连天衔雪岫，西来异境似桃源。
白鲑鲜美迎稀客，一片亲情留塞边。

上元节观博乐燃放焰火

新年大吉景妖娆，夤夜歌声闹九霄。
笑语欢歌佳节庆，礼花鞭炮夜空飘。
彩云飞动举鹏翼，车水奔流起浪潮。
边塞和谐春意盛，银花火树久难消。

参观艾比湖湿地自然保护区有感

艾湖水域绿洲弥，景点旅游新创奇。
植被森林多茂盛，濒危动物好居栖。
旱区湿地规章护，近水浅滩芦苇滋。
天宝物华古丝路，人间净土永相栖。

田耀中

1927年生，字篱萤，山西临汾人。新疆维吾尔自治区教育出版社原党组书记。编著有《当代一剪梅词集》等。

一剪梅·梅词情缘

漫步逍遥艺苑游，潇洒风流，潇洒风流。寒梅半剪苦吟讴，情意深稠，情意深稠。　　愿为梅词献晚秋，精纂博搜，精纂博搜。同梅相伴乐悠悠，夫复何求，夫复何求。

一剪梅·七七抒怀

浅涉人生近耄年，往事如烟，往事如烟。辛勤纂选续梅篇，沥胆披肝，沥胆披肝。　　拜访词家更是缘，梦绕魂牵，梦绕魂牵。梅词两卷寄人间，矢志弥坚，矢志弥坚。

申北人

1942 年生，陕西延川人。吐鲁番地委讲师团团长，吐鲁番老年大学常务副校长。吐鲁番诗词协会名誉主席、新疆诗词学会会员。

嘉峪关

一座雄关伫远天，祁连千里雪封山。
骚人不惧秋风冷，指点长城兴正酣。

哈密回王府

巍巍王府耸南郊，绿瓦红墙映碧霄。
民族和谐边塞固，繁荣共处乐陶陶。

桃树园子

葡萄滴翠夏风柔，雪水潺潺抱树流。
仙境深藏山裂处，游人如鲫叩桃沟。

赴敦煌途中

葡萄沟后桃花瘦，嘉峪关前榆树寒。
诗意当随时代走，吟来好句醉如仙。

春日即景

黄蜂飞舞叩南窗，无限春光入画堂。
唢呐悠长红袖动，葡萄架下烤馕香。

黄花菜

鞘叶旋花花茎长，萋萋芳草浴春光。
年年劲发年年长，阅尽繁华顶上香。

麦西来甫公园

飞燕呢喃草嫩黄，画楼深处琴声扬。
柳丝飞舞拂渔者，钓起一池春水长。

与嘉峪关老年大学重阳节联欢感赋

巍巍嘉峪关，南瞰祁连山。千里炎洲客，情牵九眼泉。重阳联谊会，盛况乃空前。歌咏诗声远，融融秋不寒。

叶浩然

1934 年生，浙江龙游人。新疆生产建设兵团农七师党校高级教师。新疆诗词学会、兵团诗联家协会会员。

耙　麦

麦苗方睡醒，忙与理青丝。
布谷声声叫，丰收一首诗。

菜园小记

树杪夕晖浓，携锄进菜丛。
茄青豇豆绿，韭白辣椒红。
一睹心神醉，久观形意融。
悠然斜径返，玉兔已悬空。

艾提尕清真寺

讲经论道美名传，历史悠悠五百年。
一部古兰雄典在，教民礼拜众心虔。

采桑子·老人节

边疆九月风光好，金黍银棉。金黍银棉，遍地珠光宝物含。　　老人喜把重阳度，岁岁平安。岁岁平安，食美衣丰福寿绵。

西江月·秋收

园外庄稼漂亮，园中瓜果飘香。汽车满载跑城乡，往返一天数趟。　　笑语欢声不断，家家老少帮忙。全年汗水聚棉粮，百姓小康在望。

唐多令·总理落泪了

地震实无情，楼塌瓦屋平。众乡亲，栖息窝棚。无食品饥肠辘辘，儿号哭，母难宁。　　温总内心惊，两眼泪水盈。路难通，车马难行。唯有美言安慰崽：莫要急！咽无声。

卢静秀

1935年生，浙江东阳人。新疆生产建设兵团石河子八一棉纺织厂退休干部，现为中华诗词学会、新疆诗词学会、兵团诗联家协会会员及石河子诗词学会理事。

故乡情

掣电感流光，东阳水土香。
歌山与画水[①]，往事几回肠。
少岁赴边塞，白头返故乡。
东风春不老，旧地互传觞。

【注】
① 歌山，画水，皆故乡浙江东阳市风景优美的地方名。

四十年后重访东阳

青山一别萦怀久，碧水重逢感逝波。
风雨几番情更挚，歌山画水永欢歌。

漫话诗词

学子休操顺水舟，读书万卷见风流。
工夫还在诗书外，风雨寒江几度游。

咏春雪

阳回不让朔风狂，一任东君自主张。
梅尽犹存花世界，雪飞再现玉山岗。
绿杨初绿先飘絮，红杏才红又换装。
寒意将消春意盛，孤舟独钓写诗忙。

游紫金山

名山胜水数江南，望里双峰紫气含。
大壑众横灵谷下，长江壮阔石城边。
红亭翠馆凭人赏，峭壁悬崖任我攀。
岁晚尤欣逢盛世，匡庐雁宕更须探。

泛舟太湖遇雨

赏罢梅香赏酒香，听涛乘兴共波光。
游人未著三山岸，稠雨已淋五尺舱。
日照晴红描画阁，云生烟绿绣渔乡。
甘霖润碧迟归客，隐处禅僧渡万航。

咏杭州

东南胜概萃杭州，西子湖边客自留。
松雪一林梅万树，荷花十里桂三秋。
山山水水般般好，雨雨晴晴处处幽。
风物而今随世变，老夫高唱少年游。

随　想

童心犹在力先摧，徐步书园日几回。
岁月无情添白发，盈虚有数褪红腮。
因循旧路依稀变，改革新花次第开。
驻足沉思前后事，莫拘一格育英才。

踏莎行·平湖夜月

湖上船归，两峰日暮，多情还向堤边去。丝丝弱柳弄阴晴，断桥几点零星雨。　　墨璧云开，银蟾渐露，清光摇曳珊瑚树。水天影外梦瀛洲，乱花深处人私语。

清平乐·诗会

风和云杳，朗月升空早。火树银花装点巧，惊醒枝头宿鸟。　　鱼池灯月争光，楼台摇影辉煌。弦管笙歌悦耳，正宜觅句寻章。

白 瑛

1953 年生，女，回族，新疆乌鲁木齐人。曾为新疆师范大学科研处干部。

题阿尔泰淘金女 二首

（一）

阿山深处是金山，沙里淘金不计年。
淘得黄金盈玉手，捧来装点好关山。

（二）

金沙河岸有沙滩，无数村姑排岸边。
沙里淘金非易事，丹心一片献人间。

白 垒

1921 年生，四川广元人。新疆生产建设兵团农十师高级教师。兵团诗词楹联家协会理事、新疆诗词学会会员，出版有《新出塞曲》《新塞下曲》等。

天末怀李白

才高命蹇类飘蓬，明镜秋霜为众生。
天降斯人无所用，可怜遗恨以诗名。
生逢乱世遭穷厄，千里征途驰不得。
满怀忧愤无处倾，凝成诗赋昭日月。
金薤琳琅震古今，芙蓉出水自清新。
江河万古流传久，童叟千家讽诵勤。
少年就读匡山侧，玉垒金沙毓俊杰。
胸贮横磨十万兵，鹏飞欲举冲天翮。
仗剑辞家出两川，国忧民困总情牵。
心摧江浒拖船苦，轸念幽州虎视眈。
谁念君王耽女色，豺狼当道祸临睫。
《清平》赐赏类俳优，能不心伤意怛恻？
始识世间行路难，掉头金阙访名山。
天台四万八千丈，一笑乘风翥翠颠。
胸中块垒郁千结，唯有倾罍浮大白。
花间独酌无相亲，举杯更邀天上月。
闻道浔阳起义兵，东巡再赋《从军行》，
未扫胡尘先铩羽，可怜垂老服流刑。
坎壈一生赍志殁，苍生依旧苦豪夺。

千秋纵有诗仙誉，怎及斯民俱喜乐？
记得当年童稚时，塾师授读《静夜思》，
但觉琅琅能上口，不须讲解已心知。
少年远足匡山麓，翠霭晴岚看不足。
溪畔犹存磨杵砧，信知才俊出勤笃。
晚岁读公《蜀道难》，奇思瑰象心怦然。
如经三峡瞿塘险，似入八阵迷图间。
托物寄意为比兴，求仙纵酒抒幽愤。
群儿不解妄谤伤，堪笑蚍蜉力不任！
鲰生何幸值升平，蜀道康庄万户盈。
广筑金台延国士，天陬何处吊先生！

边镇春迟

边镇春迟去又匆，无凭风信任西东。
市园才见榆杨绿，已着单衫杏子红。

登沪东方明珠电视塔

高塔耸云端，登临四百旋。
商船如蚁聚，浦水类蛇蜒。
纵目神州外，骋怀河汉间。
如随杨利伟，同上宇航船。

叼羊歌

八月秋高草正黄，天马膘肥体流光。
马嘶人笑震山谷，万头攒动看叼羊。
巴郎身手真矫健，控马挥鞭随心愿，
一声令下箭离弦，众马奔腾疾如电。
一骑抓羊驰在前，众马急追俱争先。
气浪排空黄尘起，马头马尾紧相衔。
前骑终于被截住，众手疾出夺羊去，
夺者俗得渠不甘，你争我夺如拉锯。
中有一人特悍强，纵马切人勇莫当。
虎臂夺得白羊去，回马翻身镫里藏。
众人相顾俱瞠目，半晌方思策马逐。
彼骑已奔讲台前，洋洋捧过杯中酥！
万众欢呼声遏云，红花彩带缀满身。
众多褒奖孰最珍？“巴特”称号姑娘心[1]。

【注】

① “巴特”是哈萨克语及蒙古语“英雄”“勇士”之称呼。

忆江南·阿山好

阿山好，最美喀纳斯。日照山花红烂漫，波摇树影绿参差。旖旎胜天池。　　阿山好，沃野两河湄。春汛来时冬麦秀，稻花香处鳊鱼肥。心乐不思归。

白唤民

1949年生，女，上海人。阿克苏第三中学教师。阿克苏诗词学会理事。

贺新郎·纪念上海知青进疆三十年

魂系天山路。忆当年，风华正茂，梦中情愫。远适天涯塔里木，展翅鹏飞两度。欢笑语，心声倾诉。屯垦戍边豪气壮，谱新篇、汗洒荒原暮。披烈日，战风雨。　　峥嵘岁月崎岖路。共婵娟、人梯永伴，爱河同步。立业建家今廿五，莫道山寒水苦。看瀚海、春潮奔赴。亘古荒原诗意满，望银河，彩练横飞渡。心海荡，唱诗赋。

白应东

1934-1999年，甘肃省临洮人。曾任新疆师范大学科研处副处长等职。著有《丝绸之路诗词选》等多种。

天池游仙

万树遮天翠几重，绿荫蔽日拟仙宫。
山青水碧云深处，似见仙姑下博峰。

过果子沟

夹道奇峰高复低，横生畎浍自成溪。
倒栽山果三千树，落地还为五尺泥。

和田行

沙吞塔里近皮山，月照人间不计年。
回首昆仑天际外，万川烟景壮和田。

浣溪沙·丝路伊犁行

汉武唐宗辟地遥，丝绸古道未萧条。春风细雨过长桥。　　绿柳荫中驰骏马，葡萄架下闹喧嚣。别开舞派女儿腰。

冯宗仁

1930年生，陕西临潼人。曾任新疆八一农学院纪委书记，现为新疆农业大学《朝花夕拾》诗社名誉社长、新疆诗词学会会员。

自 勉

少小从军守塞边，无情岁月鬓毛斑。
砚田别有耕耘乐，好把情留点画间。

贺朝花夕拾诗社成立两周年

朝来细雨暮来风，花到晚开香更浓。
争当夕阳无限好，佳章得处笑颜红。

胡杨赞

咬住沙堆不放松，立身就在漠荒中。
不求雨露来滋润，何惧狂尘与暴风。
龙沙堆里苦挣扎，红柳相依度岁华。
雪压霜欺宏志在，深情一片笑天涯。

匡 英

1968 年生，女，四川人。新疆鑫丰达投资有限公司财务总监。新疆诗词学会会员。

游五彩湾古海温泉

天山春色晚，弥望雾淞寒。
霞蔚新丝路，云蒸古海泉。
尘寰知苦涩，池水弄波澜。
但有真情在，何忧世道难。

游丽江古城

木屋连幽巷，花溪绕古城。
深宵闻犬吠，拂晓梦鸡鸣。
闲步石板路，旁观萍水情。
春风催酒醒，回首望归程。

重阳思亲

秋高霜重度重阳，一念亲人一断肠。
美酒清茶无敬处，心香人炷寄家乡。

端午祭屈原

每从角黍祭屈原，苇叶青青裹怅然。
贾谊投书寄深旨，史迁垂泪悯奇冤。
问天考地空余恨，握瑾怀瑜已坠渊。
长叶方华争日月，唯留清韵在人间。

新正寄友

未必人生不再逢，青山长绿水长东。
情深情浅缘难尽，缘去缘来情总同。
对月新诗催酒醒，经年往事任尘封。
世间坎坷何须怨，都付沧桑一笑中。

仲夏再游天池

翠湖今又认前踪，野岸松繁郁郁葱。
古庙有情迎碧浪，神针无语对苍穹。
风传鹤唳清声远，云罩雕盘健羽丰。
待我沾些仙气后，虹桥遥接大江东。

大理记游

三月街边生意忙，古城小店饵丝香。
苍山揽日忧无奈，洱海凌波乐未央。
寺落仙禽烟缥缈，泉飞蝴蝶水清凉。
今宵且作陶然醉，直认他乡是故乡。

南山白杨沟徒步感怀

暂别喧嚣觅本真，俗尘放下即轻身。
雪光辉映苍穹尽，冰水波回大地春。
且对昏杯评酒胆，待从辞采辨诗人。
东风起处听吟啸，情满天山杨柳津。

邢燕子

1973 年生，女，河南南阳人。新疆诗词学会会员。

游红山

大地金辉起，人山两映红。
此身何处去，疑是入仙宫。

天山行

车行盘道似回肠，望里天山挟莽苍。
雪叠群峰入霄汉，岩悬飞瀑泻银潢。
新松谡谡鸣天籁，古庙荒荒立夕阳。
遥想屯边诸将士，当年曾此战风霜。

宿山家

四面青山环绿水，斜坡碧草一人家。
香茶美酒赢谈笑，明月峰高映晚霞。

师廷舟

1925-2003年，号济川，甘肃临洮人。哈密第二中学教师。新疆诗词学会会员、哈密地区诗词学会常务理事，著有《西域吟草》。

绿　洲

卅年营宅费绸缪，地窖平房换画楼。
独自凭栏舒老眼，绿洲风物望中收。

植　树

荒滩共植师生树，惆怅玉关难度春。
却看山泉常漉水，已滋两岸物华新。

公园即事

满园新绿得春多，处处儿童挽手歌。
笑我闻声忘却老，也随旋律舞婆娑。

迎 春

负雪虬枝窗外弯，踏梅喜鹊度时艰。
盼来青帝芳踪近，待看春花万树殷。

登 山

攀登峰顶识嵯峨，脚下残虹恋数鹅。
天籁响殊山鬼啸，只疑尘世烂樵柯。

重访桃溪红楼

桃溪再度访红楼，风物依稀似去秋。
独自凭栏寻往事，断肠邻笛怨声悠。

朱 智

1931 年生，字志云，甘肃武威人。博尔塔拉蒙古自治州退休干部；现为博州老年诗书画学会、新疆诗词学会会员。

国 剧

舞台文化感黎民，国剧流传世代存。
说古论今凭技艺，行腔吐字聚精神。
文词秀美声华见，武术精工招式新。
体味人生今古事，讴歌义士与贤臣。

沁园春·修路

开发西陲，引进高科，道路在先。要全盘规划，精心设计，宏微兼顾，主次周全。挖掘填方，搬沙运料，改变交通非等闲。多车汇，且预防堵塞，礼让相安。　　通衢修定平宽，往来畅，城乡脉络连。惜旧时封闭，行多兴理，资源搁置，贫困艰难。改革时兴，人财互动，农牧工商连值翻。逾新纪，入康庄大道，举国同欢。

采桑子·阿尔夏提

班车满载邀游客，站至稍停。铁索桥横，侣伴分群峡谷坪。　　仙泉试浴游人喜，巧聚同行。画意诗情，云下皑皑雪线莹。

一剪梅·秋收

一别乡村十数春。今此探亲，时值良辰。田间聚会笑颜频。往昔情纯，归日欢欣。　　参与农忙力不臻。稼穑艰辛，强打精神。已难赶上壮年人。紧步前尘，衣汗沾身。

朱向南

1940年生，甘肃武威人。呼图壁县原职业高中校长，高级教师。呼图壁诗词学会理事、新疆诗词学会会员。

嘉兴南湖

国破家亡危难秋，吾华血雨万民愁。
惊涛起处旌旗奋，且看南湖一叶舟。

游圆明园

步履沉沉过壑塘，秋风着意染凄凉。
硝烟几度斑斑泪，绿树依然映夕阳。

登八达岭长城

巍巍巨蟒吐岚烟，一缕残阳抹晚天。
极目登高天下小，沧桑风雨数千年。

天 山

万仞雄峰矗两间，银装素裹愈娇妍。
崖横绮丽千秋雪，雾抹苍茫万里天。
巨蟒巍巍吞暮霭，寒光束束映群峦。
晴空且看红霞舞，岭野犹惊绽雪莲。

登五泉山

秋风八月丽阳天，步履轻盈上五泉。
一路石阶笼晓雾，满坡芳草饰青山。
悬崖立处琼醪涌，亭榭边旁碧水潺。
俯瞰山城如画景，沧桑历历越千年。

博湖风姿

秀水汤汤漾碧光，金鳞鹭鸟任翱翔。
轻舟掠影银花艳，苇絮抒颐体态香。
浩淼烟波融画里，悠扬笛韵荡湖乡。
丹青妙笔神工就，俊美风姿醉夕阳。

朱甸余

1915-1995 年，安徽泾县人。曾为新疆八一农学院教授。新疆诗词学会顾问，著有《田余庐吟草存丛》。

雨中游天池放歌

少小居江汉，早岁登匡庐。
壮游过钱塘，得缘识西湖。
天池高在天山上，或云西子庐山俱弗如。
执教新疆十二载，年年遥望未暇趋。
今朝决意一登临，偕妻挈孥共相扶。
西王母亦真好客者，三十里迎宾泼雨净尘途。
雨里天山换景观，盛夏忽似暮秋寒。
寒雨难阻游人兴，竞采蘑菇纷登山。
我亦未甘落人后，策杖攀登路蜿蜒。
迂回前行二时许，抬头似已见峰巅。
贾勇续上数百步，遥望碧峰依然远插白云间。
巍巍乎刺破青天锷未残。
回身反顾林海洋，雪杉一色郁苍苍。
晚风过处林涛吼，山鸣谷应震心房。
风息万株挺然立，恍如军旅列阵行。
枝枝举起若宣誓，愿为广厦万间作栋梁，
尽被天下寒士皆安康。
天山山高天亦奇行云行雨靡定时。
云系山腰飘缟素，雨落湖面碎琉璃。
霎时白雾空濛起，转眼青嶂入望迷。

雾过微云抹山顶，
仿佛巫山神女鬟鬓袅袅来会于瑶池。
瑶池山，瑶池水，我于池水叹观止。
亦尝遨游诸名湖，风光各殊难相拟。
大如震泽与鄱阳，烟波浩渺风涛起。
小如大明瘦西湖，水色波光不及此。
洞庭滇池未及观，玄武东湖斯又等下矣。
瑶池池水美何极，欲写愧无生花笔。
天生一个白玉盘，中盛万年翡翠液。
晶莹荡漾还澄澈，凝绿泛蓝复透碧。
投石泛棹难使浑，风吹雨打仍清晰。
溢出山隙垂岩间，
犹如天孙织成整匹白练悬峭壁。
落入山涧成溪流，一路但闻鸣声幽。
淙淙汩汩长回响，疑是仙人弹箜篌。
宛转曲折沿坡下，流经戈壁溉绿洲。
君不见阜康良田十万顷，
农村千家万户年年乐丰收。

沙湾县东风镇

小驻沙湾十五天，顿忘五月尚衣棉。
浑疑三月江南暮，绿水人家傍稻田。

武侯祠

重谒武侯祠，霜星满鬓丝。
少陵名句在，不敢复题诗。

筇竹寺罗汉堂

交语互躬腰，脱鞋疑薄醉。
此间罗汉身，最有人情味。

自团堡泛清江还恩施

石岭穿云下，清江泛棹馀。
滩声嘶远近，山影浸模糊。
两岸秋容淡，扁舟客思孤。
可怜谁氏女，化石俯江隅。

秭归谒屈原墓

屈子孤忠绝代无，秋风细雨谒遗居。
汨罗江上灵鱼杳，清烈祠旁墓水疏。
终古水滨存一祀，而今乡里号三闾。
可怜阿姊能同穴，石冢双楦葬女嬃。

迎春曲

飞雪迎春朔气凝，怯将凫羽易蚕绫。
尘寰世态存凉热，淡水交情少爱憎。
白发千丝葱岭雪，丹心一点玉壶冰。
姮娥底事乘风去，瑶宇琼楼冷不胜。

念奴娇·石河子新貌

石城重到，更难寻，日日荒滩陈迹。子午街头闲散步，杨树钻天矗立。楼宅参差，华灯掩映，耿耿凉秋夕。星河乍曙，酌泉映日光熠。　　远处沃野连绵，林渠交错，万顷良田碧。创业艰难怀往事，挥汗披荆斩棘。苞谷凝金，棉桃绽雪，瓜果香流蜜。伊谁能手，明珠巧嵌戈壁。

水调歌头·偕明妹同登新建黄鹤楼

遗迹曾凭吊，二十九秋前。再次登临故地，新筑耸江边。好个飞檐叠阁，风景依稀胜昨，游客任流连。高处倚栏望，隔水指晴川。　　真难得，重相聚，共聊天。不须惆怅，几多往事渺如烟。几姓王朝凌替，几代楼台成毁，世事总更迁。互祝人长健，庆度杖朝年。

江城子

一九八九年到多伦多寓兄子永固家并游加拿大国家塔。

草坪五亩绕层楼，绿茵稠，晓烟浮。卜宅郊原，环境趣而幽。松鼠窥人不远去，缘篱壁，窜房头。　多伦多埠正清秋。雨初收，薄云柔。电掣风驰，百里驾车游。升塔置身千仞上，低眸瞰，小寰球。

朱奇斌

1946 年生，湖北武穴人。新疆克拉玛依文理学院副教授。新疆诗词学会会员。

三 峡

白发豪情作壮游，夔门春色醉凝眸。
欲倾三峡平湖水，一洗人间怨与愁。

油城步行街夜游

溪流两岸菊飘香，丝管悠悠引兴长。
一幅和谐民俗画，步行街上却珍藏。

园林工人赞

培红育绿费精思，大作堪称绝妙词。
漠海油城多靓丽，市民盛赞美容师。

天山松

四时雪线叶葱茏，我爱天山不老松。
任尔风云多变幻，一生从不改初衷。

秋游观山寨

寥廓霜天画意浓，观山精晶夺天工。
金风胜似茅台酒，醉得层林火样红。

小山冲

新雨凉秋淡淡风，徜徉屋后小山冲。
眼前一抹葱茏色，有我当年手植松。

登庐山

才上峰峦旭日红，顿时细雨湿蒙蒙。
世间多少难言事，类似庐山烟雾笼。

绿　洲

当年创业费艰辛，岁月雕成鹤发人。
千里白杨都作笔，也难写尽绿洲春。

油 城

油城骋目惹流连，大漠神奇别有天。
树上鸟儿歌串串，花间蛱蝶舞翩翩。
半溪碧水濛濛雾，一抹红霞淡淡烟。
千里长街腾锦绣，激情豪兴上吟笺。

赛里木湖一日游

赛里木湖生态优，神仙到此也勾留。
波光闪闪天鹅舞，歌曲甜甜画舫游。
赛马健儿多潇洒，叼羊骑士更风流。
花丛溪畔品抓饭，雪岭松间月一钩。

朱秋德

1963年生，湖南常德人。新疆石河子大学文学艺术学院教授。新疆诗词学会、新疆生产建设兵团诗联家协会事理，《绿韵》副主编。有《历代诗词鉴赏》《苏轼研究》等著作问世。

离亭燕·怀古

遍觅荒亭残驿，唯有夕阳如血。公主琵琶沙碛远，绝塞悲笳枯骨。汉月又唐关，暗染青丝如雪。　　不道倦游愁绝，情寄旧时风物。未老当存闲趣在，哪管流年倏忽。朔风一场秋深，暮霭半林黄叶。

鹧鸪天·四十有怀

浪迹西陲形影微，黄烟落日染苍眉。一痕流彩被风过，数点寒鸦带暮归。　　书剑事，叹无为，凭栏月下一秋迷。十年默默天涯客，杨柳胡笳夜夜催。

蝶恋花

在湖南过庚寅春节，故乡春色三分。临行之际，有闻石城大雪。南北异畛，物候天渊。赋此存念。

一缕春风拂素面，艳粉骄红，可待花苞见。草色留痕青未遍，枝头不下双飞燕。　此际他乡冰锁院。紧雪纷飞，三尺犹嫌浅。收拾行囊休道远，阳关一曲情千万。

乔建海

1925 年生，山东梁山人。曾任中国科学院新疆分院副院长。中华诗词学会会员、新疆诗词学会顾问。

秋 夜

边城多旧友，故里少亲人。
定知今夜梦，又逐玉关尘。

村 夜

夜深蛩唧唧，田径人踪绝。
圆月挂高秋，荞麦一洼雪。

游秦淮

秦淮漾新碧，画舫载欢歌。
处处闻弦管，金陵春意多。

游莫愁湖

春色迎人泛叶舟，暖阳澈水映棋楼。
洛阳女子多才思，从此名湖号莫愁。

悼 亡

三鞠躬洒思君泪，阵阵心酸叹白头。
记得去年同赏菊，菊残花落惨今秋。

秋日感赋

秋夜清霜降，星疏月色凉。
离人思故里，征雁向衡湘。
万木风吹瘦，千丝人比黄。
浮云游宦意，诗赋纪重阳。

告别诸诗友

大漠西风紧，北庭落木黄。
翩翩琴瑟聚，济济满厅堂。
今日别诗友，何时共咏觞？
悠悠西域道，离情似此长！

菩萨蛮·咏莫索湾治沙站

龙沙往日连戈壁，莽苍远望无边际。正午站高丘，汗珠浃背流。　　如今植被绿，兔隐雀儿簇。是处化沧桑，教人永莫忘。

菩萨蛮·怀旧

黄沙骇浪人惊悸，祁连山下伤心事。落日益增愁，遥观嘉峪楼。　　车驰西域地，雾漫天山际。莫怪没来由，欲休还未休。

江城子·吐鲁番之夏

绿洲夏日着新装。葡萄香，杏儿黄。果木葳蕤，杨柳树成行。湖唤艾丁波荡漾。车碌碌，管田忙。　　城乡男女喜洋洋。大姑娘，辫梢长。善舞能歌，花帽配时装。骑着毛驴巴扎去，瓜果熟，货琳琅。

伍乘森

1947 年生，广东普宁人。在新疆从事教育工作十余年，1989 年返乡，中学一级教师。中华诗词学会及新疆诗词学会会员，有《征途集》问世。

新春寄边疆友人

岭海梦天山，春风度玉关。
何当身似雁，一岁一飞还。

遣 怀

荒滩戈壁走冰轮，廿载风沙渺梦魂。
紫燕未归巢自在，天涯先赋一枝春。

题任伯年《三友图》

萧索关河望太平，难忘故土寄豪情。
不须对月真三友，已有清风笔下生。

自题天南第一峰留影

碧海莲花灿远空，登临俯仰借长风。
征云慰梦三千里，喜上天南第一峰。

落　叶

万丈根牵唤客魂，春风故土忆亲恩。
十年生死一杯酒，龙眼树边何处村？

四十初度

不惑童心笑我俦，任他岁月去悠悠。
客行瀚海驼铃夜，笔赋昆仑塞韵秋。
绿水无忧风皱面，青山不老雪侵头。
年来一事差堪慰，黉舍弦歌兴未休。

寄昆仑诗友

征人税驾自天涯，种豆何期竟得瓜。
大坝山前伤逝者，白坑湖畔认新家。
廿年风雪情犹在，一曲云霓志更加。
欲慰昆仑传好句，时时含笑念流沙。

参观雅尔湖千佛洞

交河西去二三里，佛洞相迎瞻胜地。
丝绸古道溯茫茫，不知香火何时起。
有幸寻踪到火州，西游路上一勾留。
心喜洞中妍壁画，千千佛像坐前头。
天生一个仙人洞，罗汉群姿各异众。
当年信是艺师高，色彩千秋牵客梦。
佛前凝视净俗烟，东土灵光自西天。
万里求经玄奘志，爇香一瓣礼心田。

贺新郎·答昆仑诗友

挥手天山别。便归途，征尘重拂，意牵边月。路转峰回寒暑易，早是新春时节。频梦见昆仑咏雪。古道梨花车马闹，有冰心，琢玉怀长热。人远隔，思无歇。　　疆涯应谢风骚客。寄南天，几行雁影，几多诗壁。自笑驽骀难致远，空负半生行迹。且收拾樽前浊物。蝶舞莺歌皆不赏，趁清明，种豆栽瓜发。赢得了，东篱色。

伏铁峰

1936年生，湖南汨罗人。石河子市物资局退休干部。新疆诗词学会及石河子诗词学会会员。

小平同志来石河子休假

紫气东来瑞霭盈，霞光缭绕鹊频惊。
秋高日丽人欢笑，邓老西游驻石城。

塞上曲三首

唱罢阳关折柳枝，玉门飞渡任西驰。
洞庭浪险鱼龙跃，戈壁风寒战马嘶。
大勇班生投笔日，深谋左相载棺时。
男儿困危寻常事，射虎屠龙信可期。

夜听残红坠地声，天涯春老又闻莺。
黄尘白发人憔悴，浊酒酡颜泪纵横。
休问碧桃花下事，可怜身老绿杨城。
此生合共啼鹃唱，一诉愁怀未了情。

夜夜灯前试宝刀，鸡鸣舞罢斗星高。
誓酬瀚海屠龙志，未肯囊萤读楚骚。
大漠有情留俊杰，天山着意育英豪。
东风若与征人便，热血犹堪化碧涛。

水龙吟·咏天山雪

寒潮恁地相欺，玉龙三百万狂舞。氤氲萧索，回旋萦积，缤纷繁鹜。漫空飘洒，郊原尽白，丰年沃土。看银装素裹，冰雕玉琢，妆点此，擎天柱。　　雪后天山瑰玮，奇峰直刺苍穹去。沧桑阅尽，兴衰亲历，风流千古。大陆桥通，井深油喷，更荣丝路。待晴光雪霁，春潮汹涌，再挝天鼓。

满庭芳·春游北湖

绿染田畴，翠笼陇亩，柳丝婀娜藏莺。春潮初涨，风送小舟轻。大地冰消玉泻，涓涓水，润物无声。承甘露，麦苗芳草，常念北湖情。　　堪惊，时易逝，筑湖人老，白发仍耕。看岸边亭阁，气象峥嵘，行乐俊男靓女，谁识得，年少荆卿。凝眉处，天光云影，龙蛰待飞腾。

满庭芳·石河子广场情思

翠幕张天，绿茵铺地，晴光丽日良辰。繁英芳甸，春意漫边城。千树苹花如雪，游人醉，且共销魂。将军像，凝目俯视，关爱更相亲。　　待冰轮渐涌，灯迷影乱，捣麝成尘。看彩云追月，舞送黄昏。喷泉洒珠溅玉，神仙境，似幻还真。军垦汉，绣地如锦，百代话艰辛。

任 晨

1916-2008 年，河南灵宝人。原新疆军区少将副参谋长。新疆诗词学会顾问，著有《痕迹》诗文集。

老兵情怀

男儿献身为革命，血染大地笑留痕。
戎马驰驱半赤县，老兵情怀谁与论？
解甲壮志仍未已，磨砺铁笔自耕耘。
回首六十年来事，好将痕迹勉儿孙。

邀徐庶之、门成烈诸君小聚于博峰宾馆，为名画家邵宇、叶浅予等饯行、赋此

天山深处雾蒙蒙，画家云集乐融融。
往事回思如昨日，心皆童兮貌亦童。
卓荦诸翁不老松，人生难得重相逢。
劝君痛饮古城酒，为我挥笔写骄龙。

暮年自励

江花边月恋征鞍，解甲归来敢息肩？
奋笔北窗出战史，峥嵘岁月忆当年。

题自画葫芦

青嫩绵绵风味佳，作瓢凿孔便农家。
记曾贮水长随我，踏破天涯万里沙。

题自画南瓜

十年足迹遍神州，岁卜丰登庆有收。
儿辈不知瓜菜代，但凭藤蔓赏金秋。

题菊石雁来红图

石畔无声菊数丛，傲霜浥露舞金风。
黄叶枯枝香阵阵，清秋尤赏雁来红。

丝路抒情

铁流滚滚出阳关，丝路迢迢西域天。
履险卧沙攀峻岭，乘风破浪着先鞭。
昆仑山下人欢笑，歌舞声中马卸鞍。
大漠沧桑从此始，重温历史笑张班。

任　铮

1956 年生，山西太原人。新疆维吾尔自治区党委对台办公室干部。新疆诗词学会会员。

观克孜尔千佛洞有感

琵琶仙女欲飞天，伎乐成双歌舞旋。
梦幻仙乡终觉短，渭干河上洞千年。

任一仑

1933 年生，陕西略阳人。阿勒泰市喀拉尕什中学副校长，语文高级教师。阿勒泰诗词学会原副会长兼秘书长、新疆诗词学会会员。

牧区春早

盼得春来早，牧区催雪消。
猴年传喜讯，户户产双羔。

六十述怀

年登花甲感蹉跎，逝水流年话坎坷。
秦岭云横千里外，阿山雪冷廿年多。
三番秉铎酬心愿，两度临坛佐瑟歌。
得失浮沉皆末事，人生知足老如何。

寻淘金王遗址

胜日寻奇不失机，采淘遗址尚依稀。
金王此日知何在？野草黄花露已晞。

晚 情

离乡游子久思乡，潦倒风尘事何伤。
往事纷纭一回首，桩桩件件系沧桑。

忆老友

航天下海两无缘，骥足萧条伏枥边。
到老难投应手笔，终生藐视昧心钱。
清高无术疗贫病，耿介如君共往还。
眼界开时情自畅，源头水活喜潺湲。

西江月・园丁

园地朝霞装点，山花恰与争妍。书声阵阵动心弦，深慰园丁夙愿。　　共喜春风送暖，尚余悸在春寒。激情慷慨话明天，任重犹思道远。

任传爵

1910-1994 年，生前曾在新疆对外贸易厅担任翻译工作。新疆诗词学会会员。

重登粤秀追怀林师感赋红棉　一首

黄菊非不傲，托根东篱阴。
苍松非不劲，唯恐斧斤侵。
红棉我师事，拔地何嵌岑。
万木争葱郁，俯视皆在襟。
忆昔登越秀，花开正满林。
红霞映百里，赤帜耀千寻。
力降海若服，势把花王擒。
独吐洁白絮，常抱庇寒心。
若论匡济志，此花堪大任。
几度花下立，挟纩感恩深。
碌碌五十载，与世徒浮沉。
幸赖红灯塔，指路有南针。
重来头已白，赧颜汗涔涔。
后堂无觅处，忍听弦管音。
但对红棉树，低回发长吟。

痛悼老友姚克兄在美国逝世　二首

(一)

清宫一剧名当世，垂老犹笺长吉诗[①]。
四十四年鸿雁断，屋梁月落梦萦思。

(二)

文坛不让语堂雄，笔底中英两并工。
如此才华埋海外，天涯何处哭秋风。

【注】

① 闻兄晚年以十四载潜心解李贺诗集，累稿数十万言。

广交会归来与老友重叙上海

百卷藏经完璧归，登楼只感故人稀。
来寻白发同窗友，重向黄垆共烛辉。
殖货广交天下士，补时犹奋老牛蹄。
江南塞外无多路，云月关山任渡飞。

悼黄钺襟弟

一榻萩町抵足眠，相逢四十七年前。
飘零同是天涯客，翰墨联成姻娅缘。
白发西窗重剪烛，碧云黄菊夜游园。
忍听鹤唳华亭路，回首江东一怆然！

参加经贸部代表团访德黑兰　二首

（一）

毋劳大漠走驼铃，丝路云衢接两京。
地亦绿洲如旧识，人来古国易同情。
愧非善贾舞长袖，为睦芳邻求友嘤。
西海鲸鲵翻浪急，那堪湾上鼓鼙声。

（二）

上林夏色正婆娑，夹道参天乔木多。
高塔永怀居鲁士，后庭空唱忆秦娥。
琉璃宫室留斜照①，菡萏池塘凝碧波。
啼断三春杜宇血，禁门无客吊铜驼。

【注】

① 前朝夏宫以琉璃宫最为豪奢。

夏日养病燕儿窝有感

边城伏暑卧林泉，岩碧云凉空气鲜。
习习谷风轻约燕，阴阴夏木不闻蝉。
病中岁月思如织，梦里江淮浪拍天。
惆怅邻墙花落去，凭栏西望感危巅。

任志文

1929 年生，四川南充人。曾任巴州石油公司主任、书记；现为州诗联学会副秘书长、新疆诗词学会会员。

秋 思

边塞梨城一老翁，秋行西海水连空。
人间多少乘除事，旋转还凭造化工。

天鹅湖

高谷神湖传说多，天山横黛水凝螺。
问君鸿鹄居何处？朵朵浮云映碧波。

秋 兴

耕读平生愿，老来兴未休。
裁诗嫌意拙，倚槛觉清幽。
红叶风中散，黄花枝上留。
韶华容易逝，玉塞又深秋。

游铁门关

铁关古戍欲何寻？绝壁危楼暮霭沉。
影落镜湖公主岭，神传孔雀白杨林。
苍山云绕层层浪，峡谷花香片片金。
电送绿洲千户亮，抚今追昔感慨深。

清明有感

年老逢春遇晚晴，阴云乍散放光明。
天低铁塞初长日，风暖油城未啭莺。
花似雪时高阁望，草如茵处小蹊行。
柳丝牵动千家虑，但愿边疆久太平。

天净沙·塞上江南

油龙稻浪银花，香梨鲜果甜瓜。丝路铁关骏马。天山脚下，绿洲沃野无涯。

刘　刚

1955 年生，湖南长沙人。从业于新疆民政厅呼图壁精神病福利院。中华诗词学会、新疆诗词学会会员，呼图壁诗词学会顾问。

季　春

红杏枝头绿小微，桃花心事有谁窥。
芳菲不识春归路，却向林间问子规。

秋日即景

异样馀情雁影侵，霜风簌簌过杨林。
纵然二月花如锦，也逊深秋一树金。

风敲竹·秋兴

听得潇潇雨，洗寒蝉、几声凄切，漫将言苦！记取梧桐青欲滴，茂密葱茏翠雾。秋已动，南飞孤鹜。燕子匆匆相道别，剩残蛩数点墙垣语。天降暗，又垂暮。　　黄昏立尽棂窗处，到灯前、红笺不字，墨痕难注。小小茅庐宜度日，可惜花香已去。天未净、雁行横渡。涕泪潸潸能揩尽，这心头滴血谁能抚？那次第，最无助！

瑞鹧鸪·秋日田园即景

辽阔长空雁未征，秋忙仍似抢春耕。氍毹齐稻青黄夹，广袤平畴碧绿萦。　　棉铃破铎初怀絮，玉米藏珠半掖琼。鞭响夕阳催牧犊，慢歌腔里喜盈盈。

蝶恋花·十月桑梓

陌上沉沉禾穗颗，一片橙黄，都被氤氲裹。香淡深深苍翠锁，动镰直待辛勤我。　　眺望山头无数座，竹叶青青，结着千千个。井畔梧桐飘又堕，一池新浪鱼儿破。

摸鱼儿·咏秋

问西风、是何缘故，纷纷裁剪凄苦。写将天地凋零色，驱逐雁儿归去。嘹唳语，直叫得、萧萧索索寒氛聚。匆匆旧旅。怕寂寞长程，铜炉煮酒，可惜不曾顾。　　征鸿后，一片苍茫白絮。初疑新雪骤布。原来都被霜凝住。昨日潇潇秋雨，堆积处，凛冽结、隔芒传过深凉与，冰情几许。纵厚履重裳，紧门闭户。怎奈那番无据。

蝶恋花

聊赖重重翻曲谱，拣尽词牌，难写心头苦。昨夜夜深才人寤，却醒梦呓欢愉语。　往事雄襟难纳住，注满红笺，此味君知否？日比年还长几许，缠绵更胜青春侣。

行香子·春日有怀

细雨轻纱，小草初芽。飕飕柳叶倾斜。浮烟淡淡，春霭些些。弄心中绪，心中句，梦中花。　雏禽噪暮，老树新葩。归途尽，最忆长沙。黄梅桐萼，翠竹枇杷。听故乡音，故乡曲，故乡蛙。

汉宫春·驻足石河子广场湖畔

我自东来，到绿洲湖畔，眼阔心宽。摩崖雕塑，几重职责于肩：巍巍石岸；更长堤、兼做池垣。横亘矗、犹如瀑布，湍湍缓缓潺潺。　倒挂玉帘银幕，便清潭一碧，微漾婵娟。争飞燕儿掠过，乡土天然。车流不息，又分明、现代商廛。疑惑处、金鳞游弋，此间曾是荒滩？

南楼令·无题

无计下眉头，无心额上留。多少回、欲说还休。总怪世人知者少，强去做，少年游。　　空把旧身抽，嶂山遮远眸。没奈何、遣字消愁。几页闲书都是那，辛与苦，怨和忧。

烛影摇红·小春

风雨催花，绿烟渐袅萧条少。半年鸦雀闹寒空，乍见知春鸟。一语撩开新貌。把残枯、轻轻扯掉。弄些青色，染就芳容，生辉朗照。　　才过清明，雨晴反复天难料。杏枝红小正氤氲，蓓蕾含羞俏。不怕相思不了。启双唇、舒心哂笑。乐能医病，欢可除痴，惬堪消恼。

刘　军

1960年生，江苏徐州人。伊犁哈萨克自治州建设局局长。州诗词学会副会长兼秘书长、中华诗词学会会员、新疆诗词学会常务理事，著有《兰野诗词》。

临江仙·杏园

柳岸村边开杏宴，白杨巷里农庄。满园尽是紫红妆，缤纷犹带雨，天女雪霓裳。　　凭却春风幽曲径，闲庭漫步闻香。琼轩树影半池塘，去年人不见，花落暗芬芳。

西江月·昭苏远行

又去乡关漠水，黯然总是凭栏。长空雁去画春寒，雪岭云杉变幻。　　昨夜箫声动魄，晓寒湿透青衫。解忧谁下万重山，凭却杜康如愿。

临江仙·再上喀拉峻

策马山川观气象，毡房点点星星。远来多为好心情。牛羊逐水草，人醉马蹄轻。　　独在险峰临绝顶，千沟万壑云平。百旋葱岭落天惊。峡深听浪打，俯仰谷中鹰。

浪淘沙·乌鲁木齐夜雨

昨夜雨连绵，梦里桃源。西风凛冽乱炊烟。一水横陈萧瑟路，何处挥鞭？　　雨霁见南山，不尽悠然。远峰暮雪入云端。无数相思凝画栋，气壮高寒。

鹊桥仙·春到那拉提

胡杨南浦，清溪北麓，草浅行人野路。春来雪岭数云杉，有谁在、深山游牧？　　红礁碧水，小桥老树，不见当年漂渡。山花雨过又芬芳，策白马、乘风何处？

临江仙·冰河咏雪柳

又见村头杨柳树，如今雨雪霏霏。小桥回顾到山隈。长烟嘶马处，落日故人归。　　欲送还留扬万絮，不由叶瑟秋悲。眼前流水数余晖。今朝憔悴后，何日更芳菲？

菩萨蛮·过赛里木湖

云开雾见冰湖水，远方似有寒山翠。野牧漫无边，鸟啼峡谷间。　　舟横人不见，渡口炊烟散。谁与数青峰，马嘶一两声。

临江仙·那拉提游

翠雪青杉烟雨色，一河飘带惊涛。踏沙草浅野溪桥。胡杨寻渡口，碧浪打红礁。　　葱岭斑斓依旧是，云峰树海多娇。老鹰峰上览迢迢。牛羊坡谷没，马在半山腰。

临江仙·赛里木湖眺望

又见湖蓝如靛染，岸边雪域皑皑。云轻浪拍雁归来。山花皆笑面，野渡却苍苔。　　放眼春潮梳翠嶂，当时策马抒怀。去年路口满尘埃。踏青人不在，陈酒对谁开？

青玉案·春游库尔德宁

一河飘过胡杨渡，清如碧、茵茵绿。两岸青坡芳草路。雪峰松岭，花开蝶舞，随意逍遥步。　　山幽木栈蜿蜒入，野径芬芳又回顾。转眼溪桥桥上处。月曾夕照，树屋如故，对酒谁来煮？

浪淘沙·灞水咏怀

不见灞桥台，唯有苍苔。曾经古道送尘埃。风摆河边杨柳翠，尽是新栽。　今日故人来，秦岭阴霾。长安一路遣心怀。笑面桃花何处去，流水徘徊。

刘 德

1928-2006年，字至善，陕西神木人。曾在新疆维吾尔自治区基本建设委员会工作。中华诗词学会原理事、新疆诗词学会原副会长。著有《无为斋诗钞》等多种。

塞上怀古

烽墩残堞共沙黄，云路霜天雁阵翔。
镇北台荒埋断戟，扶苏庙古咒秦皇。
镇北台前往事多，秋防岁岁老兵戈。
将军白发征夫泪，画角吹寒鬼唱歌。

白杨沟秋兴

野游秋兴白杨沟，笑语欢歌鼓腹讴。
云岭千寻常耸翠，天泉万斛自飞流。
亭亭墅馆依山立，袅袅炊烟绕树浮。
险路攀登临绝顶，青山满目眼中收。

咏天马

盐车大坂奋骅蹄，绝辔行空岱岳低。
振鬣嘶风神遣韵，冲云突雾鬼吟诗。
秋声朔漠惊霜雁，鞭影征程踏雪泥。
宠辱不羁金络脑，超然象外任奔驰。

丙辰秋登福寿山远眺

寂寞登临抒积忧，远山近廓眼中收。
风凋碧树青杨瘦，雁唳霜天诗客愁。
落日熔金沉大漠，浮云合璧乱高秋。
心余一恨华年去，人与天山共白头。

游北京西山题曹雪芹故居

题诗壁上墨犹黔，剥去墙泥供客吟。
脂本新橱藏抄迹，琴弦旧案响余音。
石归末世无灵气，魂落空山得妙琛。
鹤影寒塘荒浦在，斜阳秋水醉霜林。

读王子钝诗翁登红山七律奉赠

少林剑气志弥刚，耄寿诗翁恒自强。
鸡唱曙天轻起舞，诗哦寒夜热中肠。
青松傲雪自高洁，黄菊凌霜更溢香。
九日红山抒雅兴，感今怀古有华章。

刘才茂

1938 年生，贵州人。库尔勒公路总段原副总段长、纪检委书记；现为新疆、巴州及库尔勒诗词学会会员。

孔雀河大桥

疑是天山落彩虹，横飞孔水展雄风。
钢身铁臂千钧力，肩负车流与马龙。

梨乡情

燕子西飞丝路回，东风送暖铁关开。
桃红柳绿梨如雪，疑是江南西域来。

孔雀河礼赞

一条翠带碧波扬，日夜奔流灌溉忙。
润泽楼兰肩重任，不随众水入东洋。

博斯腾湖

天山南麓一明珠，四季清波永不枯。
头枕开都观日月，胸怀洁水养鱼凫。
沙岗灌注千峰绿，旱地流经万物苏。
翠苇茫茫游客醉，水天一色百愁除。

架车情

忆昔来新驰铁马，春秋几度斗风沙。
繁星亮闪先开道，明月高悬始返家。
夏抗炎阳挥汗雨，冬除冷雪碾冰花。
南征北战天山路，乐在天涯献岁华。

天净沙·牧羊人家

雪峰芳草山花，畜栏牧犬人家，紫驼羊群骏马。响鞭挥罢，欢歌唱乐余霞。

刘井心

1930-2003年，河北成安人。生前为新疆博尔塔拉蒙古自治州卫生局离休干部。新疆诗词学会会员、自治州老年诗书画学会原副会长。

世纪元旦感赋

斗移星共转，岁序入新元。
一夜连双纪，三更跨两年。
中华龙虎跃，世界海天旋。
十五宏图景，神州着祖鞭。

咏　雪

一色朦胧月，琼花万里飘。
天孙施羽被，滕六赐绒袍。
乳海银装秀，双河素裹娇。
丰年喜瑞兆，百姓步康饶。

春到双河

春到双河郡，边城暖气生。
檐冰融欲滴，林雪化无声。
牧草滋堪赏，农田润待耕。
世初龙马跃，科技创丰登。

咏　柳

金风送爽碧蓝天，翠柳葳蕤绿似烟。
鹂转枝头音色美，恋情树下意绵绵。

咏赛里木湖

寄情乳海意绵绵，景色魂牵去忘还。
漫步湖滨心旷达，泛舟水域兴欣然。
蓝天鸥鹄低徊舞，绿甸牛羊跳跃欢。
异境西来灵壤秀，桃园世外有奇观。

卜算子·咏蟹爪莲

窗面结冰花，雪压枝条坠。室内盆栽可越冬，独有她葱翠。　　欲绽嫩苞红，妖艳催人醉。不为争春弄靓姿，只表清幽味。

刘文渊

1922 年生，湖南华容县人。新疆师范大学离休干部。新疆诗词学会会员。

题张关克先生画马图

当代咸称画马功，首推国手徐悲鸿。
今观张老之新作，颇与前贤风貌同。
振鬣昂扬天远大，奋蹄蹴踏影西东。
腾骧磊落画堂动，迅疾如飞壁有风。
在汉尝闻天马徕，在唐盛赞玉花骢。
欲窥真相憾无从，此幅全收想象中。
自昔马为六畜首，兵农耕战赖奔走。
匠心今日又何求，老骥恒怀天下忧。
四化征程多险阻，坑坑坎坎时时有。
欲借龙媒千里足，丝绸古道创新猷。

灵岩山谒韩世忠墓

灵岩山下谒丰碑，犹觉金山战鼓催。
南宋君王皆犬彘，将军伉俪挟风雷。

灵岩山

殿阁楼台映碧空，竹林树海竞葱茏。
吴王故事埋荒草，西子依然有寝宫。

伊犁行

八百里驱朝暮程，天山一路作南屏。
三台海饯中途酒，果子沟迎万壑馨。
无复乌孙逐水草，殊多范蠡走边庭。
细君公主今如在，应幸当年有此行。
伊犁河广大桥长，霍尔果斯边贸忙。
过境机车常堵路，热门商品最当行。
非唯物履同江左，更有财源似海洋。
浩渺烟波西去也，必将有以报乡邦。

小三峡

夹岸青山嵌碧溪，峰峦叠翠水清漪。
龙门峡作山门尉，巴雾山披彩雾帷。
万壑春深花解语，悬棺崖卧客猜谜。
风光最是终端美，十锦烟霞拍岸飞。

西双版纳

三春作伴访滇陲，生物王区草木葳。
野象谷中观象舞，百花丛里赞花魁。
参天棕榈穿云剑，幕地胭脂赋彩堆。
更有澜沧从此去，不分疆域播芳菲。

丽　江

纳西兄弟素多文，刻叶雕花馆舍新。
房有高低三等价，人无轩轾一般亲。
迎宾茶泡龙潭水，惠我风生玉岭春。
别有古城藏雅韵，宋元风格美园林。

登南岳

南天一岳早心仪，八十登临事已迟。
翠柏苍松同我老，危峰绝壁与云齐。
寻芳览胜人如鲫，拜佛求神客似迷。
我陟祝融思岵屺，洞庭北望久依依。

纪念伟人邓小平

青史长垂不朽三，大功大德大哉言。
无公国不开生面，有您民方解倒悬。
宠辱每同天下共，安危频仗一肩担。
审知遗业艰难甚，广揽英才起后贤。

大　理

丽江大理本相邻，半路行经洱海滨。
南诏古都先访古，下关旅次暂栖身。
点苍身下寻碑碣，天宝年间辩伪真。
合是专家辛苦事，徒劳老外一番神。

蝴蝶泉

洱海沿边好个春，波光云影照渔村。
一泓泉水清而凛，五朵金花假乱真。
未见舞姬休怅惘，且垂青眼看充分。
世间蝶类知多少？标本馆中饶学闻。

望海潮·赞神七

扶摇直上，辉煌再创，神舟七访穹苍。脱颖离舱，太空漫步，这回还是初航。稳重揭天窗，从容巡广宇，横绝重洋。何足道哉，曹孟德酾酒临江。　　展红旗，问乡邦，有多少望眼，热泪盈眶？四十三年，学苏追美，几希拼命三郎。计日架天梁，择期勘月亮，解放吴刚。寂寞嫦娥闻讯，应起舞霓裳。

水调歌头·野云沟怀古

乌垒城何在？踏遍野云沟。沟中雪浪依旧，不废古今流。遥想屯田三百，日逐骁骑万数，谈笑抚匈奴。卓彼郑都护，勋业自千秋。　　汉开府，唐设治，已悠悠。于今西部，我谓应胜美加州。未是历朝文武，无量黄沙白骨，只解觅封侯。万生终古喊，百姓至今愁。

刘平俊

1951 年生，河南三门峡人。新疆生产建设兵团军事部原少将政治委员，现为兵团诗联家协会名誉会长，新疆诗词学会常务理事。

登北屯点将台

挂甲拓荒人几代，传薪接棒戍边来。
虽逢盛世无征战，拉练依然上将台。

夜雨初晴

号声破晓雨初停，杨柳依依草色青。
近水远山云帐里，但闻战士早操声。

军营秋韵

秋风今又满天涯，百座军营尽是花。
好景何当壮边塞，金戈铁马士兵家。

阿山边防兵

有志男儿不恋家，防边保国走天涯。
阿山风雨除娇嫩，回首心潮涌浪花。

福海途中

忽暗忽明雾漫山，云来云去自悠闲。
江南已是春花艳，三月边疆大雪天。

秋登将军山

将军山景眼前留，枫叶经霜灿素秋。
遥望昆仑山上路，金风伴我等闲游。

刘长城

1962年生，河南郸城人。石河子市监狱民警。新疆诗词学会会员、石河子诗词学会副会长。

访乌鲁木齐阅微草堂

草堂微雨湿红楼，人去楼空满目秋。
文藻故园遮望眼，翠湖高柳绕蘋州。

庙儿沟道中

一路向山风景异，榆杨逐水似长堤。
山边我欲窥星牧，碧草黄花覆马蹄。

咏安集海大桥

双桥似卧虹，古镇北南通。
沃野依山尽，巴音听水融。
凭栏思旧迹，放眼接欧风。
汉使两千载，北坡丝路红。

无 题

山外青山泉外泉，清溪流澈步潺潺。
遮云蔽日垂垂木，抱石巉岩咄咄天。
腐殖千层凝沃土，深湾一瀑挂流年。
心随花草翻长目，骐骥凌虚敢比鸢。

刘仲政

1935 年生，壮族，广西壮族自治区贵港人。新疆呼图壁河流域管理处水利工程师。现为呼图壁诗词学会会员。

那拉提大草原

翡翠氍毹一望空，由缰信马乐无穷。
归来再看行经处，点点游人似蚁虫。

伊犁果子沟

叠翠重峰秀可餐，氤氲缥缈带轻寒。
深秋野果香飘溢，不信来人不下鞍。

胡　杨

江湖笑傲性刚强，岁寿三千筑绿墙。
戈壁情深方寸志，坚贞不渝铸沧桑。

秋　思

飒飒秋风落叶飘，花红草绿顿时消。
长空雁过一声唳，鲤逐寒江几夕潮。

刘幼学

1943-2011 年，甘肃礼县人。新疆吐鲁番电大师范心理学高级讲师。新疆诗词学会会员、吐鲁番地区诗词协会副主席。出版《火洲恋歌》等。

游鄯善沙山公园

妙手沙雕史作台，谁人如此巧安排。
张骞喜笑黄金座，解女抚摸白玉钗。
到此得渠新耳目，登峰浩气满胸怀。
群山恰似千军至，一路征尘得胜来。

自　勉

风风雨雨平生路，铮骨犹存不算贫。
心底少藏身外物，笔端多落腑中真。
书临疑境终成悟，文到穷时始有神。
与有心肝人结友，从无字句处求新。

咏　马

欣逢伯乐夙情酬，彼识精粗骨骼柔。
意薄山河行万里，神横天地跃千秋。
魂飞银汉嘶声远，月照花池瘦影浮。
北燕衔书犹带雪，东风吹我过江楼。

清平乐・小草

杜鹃金凤，一脉风情种。笑傲弥天风雪涌，芳遍万家田垅。　　迎来春满人间，千红万紫多妍。化作尘泥无怨，菜花香里丰年。

行香子・老桑树

小草苍苍，细雨茫茫。老桑树，又吐青光，枝浮翠黛叶闪青光。看绿中秀，秀中艳，艳中苍。　　饱经风雨，不入时妆。悄无言，愿为蚕忙。情思万缕，佳句千行。有许多韵，许多味，许多香。

刘坎龙

1956 年生，河北献县人。新疆教育学院文学分院教授，《新疆教育学院学报》主编。新疆诗词学会会员。

米泉途中所见

野阔天低绿障斜，榆芽未吐柳萌芽。
牧童爱恋春风暖，怀抱羊鞭懒卧沙。

乡村春来

多情杨柳舞婆娑，风过田畴荡绿波。
桥下小溪方醉步，枝头翠鸟已欢歌。
一川草色连天际，几树榆钱聚涧阿。
忘返流连乡里景，不知星斗满银河。

西江月·安宁渠书所见

水泵喷银吐玉，田间荡碧摇芽。倾翻河汉水来家，日丽风和如画。　不慕天河七巧，且看田里春花。含情哥妹笑无涯，天上何如地下？

鹧鸪天·留赠上海师范学院进修友人

沪上同窗情意浓，悠悠别恨去匆匆。愿君常忆江南雨，我自遥传塞外风。　　真伪辩，论难同，几番舌战脸争红。星移斗转人非昨，应自常常入梦中。

刘茂昌

生年不详。新疆维吾尔自治区糖烟酒公司二级站退休干部。新疆诗词学会会员。

偶　成

熔炉炼就壮心狂，万里乘风赴大荒。
换骨常怀为国志，脱胎甘作嫁衣裳。
半生风雨颜今老，卅载沧桑愿岂偿。
不学陶潜赋归隐，边城春色胜家乡。

刘国良

1935 年生，湖南桃江人。曾任新疆阿克苏地区人大常委会副主任，现为中华诗词学会会员、新疆诗词学会顾问、阿克苏诗词学会会长。著有《天山晚晴》诗文集。

静夜思乡

月照天山寂，银河静欲移。
芙蓉牵幼梦，不觉鬓毛稀。

塞外稻乡

茵茵绿毯到秋黄，棋布星罗鱼跃塘。
嘉峪春风关不住，稻乡景色赛苏杭。

喜克孜尔水库建成

渭谷幽深不断流，春枯夏满叹灾稠。
绿洲万顷希滋露，石佛千尊未解忧。
大坝横空降五水，高湖映日照三州。
长年梦幻终如愿，一代风流万世讴。

卜算子·铃响音依故

常念梦中人，飘落归何处？南国芭蕉尽打霜，坎坷人生路。　　五十杳无踪，铃响音依故。青少同窗满腹情，哽咽难倾诉。

刘宝经

1927-2010年，河北乐亭人。离休前在新疆生产建设兵团农十师181团子女中学任校长，高级教师。新疆诗词学会和兵团诗联家协会会员，著有诗词集《青青河畔草》。

致战友

硝烟散尽月光寒，草野耧耕战马欢。
半世征程君记否，铙歌雷鼓动山川。

戍　边

大军行进玉关西，戈壁荒原驻马蹄。
五十春秋如一日，克兰河畔洗戎衣。

别草原

惜别金秋里，郊原景色奇。
依依牵别绪，恋恋念征衣。
流水吟骊曲，斜阳映马蹄。
百灵知我意，巧啭问归期。

忆进疆

渺渺丝绸路，祁连万里程。
晨兴风露冷，夜宿碛沙鸣。
父老云霓望，同胞大路迎。
胸怀安国志，慷慨赋西征。

应邀做客

阿铿单骑至[①]，呼我到毡房。
曲径盘山上，闲花傍路香。
柔毛飘素帛，溪水闪银光。
抓肉香庐外，唱弹话马羊。

【注】
① 阿铿，哈萨克语，民间诗人。

喀纳斯湖

独立翠微讶望殊，崇山峻岭抱明湖。
朝阳升处红陵谷，晓雾消时现舳舻。
风逐松涛翻巨浪，波函云影入新图。
游人览胜心方醉，不必风尘访五都。

怀念王震将军

百万雄师度玉关，金戈铁马戍天山。
春风骀荡融冰雪，大地复苏绽玉莲。
左氏昔年栽翠柳，王公当代垦荒田。
人民歌唱新疆好，怀念将军祭九天。

鹧鸪天·板房沟

叠嶂层峦夹邃沟，茫茫林海绿如油。云从肘腋团团起，水绕芒鞋款款流。　　山陡险，路深幽，白云深处有毡裘。山坡芳草花千万，沟旷天低遍马牛。

清平乐·游牧转场

春光旖旎，绿岭清如洗。游牧人家方转徙，循路牛羊迤逦。　　姑娘马佩红缨，阿爹臂驾狐鹰。马背摇床晃动，但听嬉笑娇婴。

临江仙·新疆风光

西域新疆风景异，山中处处葱茏。平湖高卧半山中。驼铃摇晓月，夕照大河红。　　山顶雪莲何傲雪？却如今古英雄。守疆建业立边功。丰碑犹矗立，浩气贯长虹。

水调歌头·呼伦贝尔

潇洒此城市，熠熠展姣颜。芳郊林海无际，牧草碧连天。可喜千河秀丽，潴汇双湖潋滟。游牧好摇篮。塞北富饶地，兴旺更无前。　　兴西部，振东北，驾征骖。同心戮力，工农诸业路途宽。殊域资源丰富，民众勤劳勇敢，科技巧争先。大路通中外，快马更加鞭。

水调歌头·团结建新疆

红日照西域，山水尽辉煌。军民团结协力，戈壁变粮仓。沃野棉花茂盛，瀚海原油流淌，陵岳遍牛羊。翠谷闪金玉，畎亩瓜果香。　　三山秀，瑶池美，塔河长。丝绸路上，长龙呼啸过城乡。手鼓咚咚鸣响，姝女翩翩起舞，歌咏颂安康。各族同心志，建设我新疆。

刘树靖

1948 年生，江苏邳州人。新疆呼图壁县史志办公室原主任，副编审。中华诗词学会会员、新疆诗词学会理事、呼图壁诗词学会会长、《景化诗词》主编，著有《剽悍的西部》《蓝色潮汐》等散文诗词集。

天池纪游

尘封记忆满瑶台，王母当空玉鉴开。
两座青峰相对峙，一泓碧水自潆洄。
方惊松径出霞紫，又讶云涛吻雪皑。
更有升平人共乐，龙袍马背醉倾杯。

天山道中望呼图壁石屋山庄

淋漓石径露花浓，袅袅青岚掩碧松。
晴雪三峰仍桀骜，怒涛十里亦从容。
曾经野马无从觅，偶见飞鸿欲劲冲。
莫管红尘多舛误，天涯浪迹任西东。

天山古道

远树斜阳血染桃，青岚袅袅任逍遥。
忽惊剑岭攀千仞，更叹羊肠挂九霄。
翠壑幽林风尚劲，丹崖骏马胆犹豪。
无边妙境天山外，撷片红霞作锦标。

交河故城

寂寂颓垣故国墉，千年古董亦称雄。
双河汇处城为瓮，一榭连山寺作宫。
伫立门楼听苦雨，眼观兵马战流红。
精英血壮乾坤韵，草瘗荒茔噩梦空。

永遇乐·巴音布鲁克天鹅湖

将醉湖光，飞龙舟上，碧涛深处。猎猎蒹葭，茫茫曲水，只恐随云去。斜阳一片，天鹅万顷，总被翠烟留住。漫逡巡、滔滔骇浪，势如破竹风虎。　　琴心渐悟，瑶池憧憬，多少豪雄相顾。纵览明湖，风流千里，空锁征鸿路。冻雷惊雨，谁能识我，尽是晨钟暮鼓。问沧海、朝朝逸事，尚能记否？

刘炳正

1922 年生，山西兴县人。曾任新疆生产建设兵团副政委兼农八师政委、石河子市党委书记、石河子诗词学会顾问。

沙枣赞

树享百年寿，花开十里香。
甘尝干旱苦，不畏逆沙狂。
酷夏耐炎日，严冬斗冷霜。
治盐又改土，一道好林墙。

赠新疆老干部书画学会

金色晚秋童子心，习书绘画惜光阴。
诸公喜作黄昏颂，笑对夕阳白首吟。

刘振汉

1923年生，河南南阳人。新疆教育学院英文翻译，副编审，已离休。新疆诗词学会会员。

乌拉泊轮台古城遗址

旧垒无名总费猜，专家判是古轮台。
入冬还是唐时景，万树梨花遍地开。

乌鲁木齐北京路

新开大道过三宫，一路春花十里红。
还论当年沙石路，秋风满地卷飞蓬。

红山游泳池

虎头峰下漾清波，桥影依稀认旧河。
莫道边城炎日少，高台跳水少年多。

刘萧无

1913-2004年，北京人。曾任新疆维吾尔自治区文联主席、自治区党委宣传部副部长、中华诗词学会顾问、新疆诗词学会会长。出版有《刘萧无诗词选》等多种。

归庐杂诗

装点江山雪最娆，空蒙天壤任飘摇。
小园一夜风初定，玉蕊晶花万树雕。

谢　瓜

顾果昆山孕玉家，迢遥风雪渡流沙。
炉边琥珀屠苏酒，诗兴遄飞一叶瓜。

观阿克苏画展

今古天南黑水长，龟兹岩窟衍敦煌。
无边秋色萧萧雨，乡土风情蔚画廊。

悼欧阳克嶷

叆云燧雨玉门存，幸得秾桃艳李根。
瀚海穷年兰蕙渺，夕阳慷慨拯诗魂。

一二九团访酒

日日盈庭厌喙哗，鲰生生不爱繁华。
天涯落落逃诗债，瀚海深深问酒家。
红柳作筹酌冷月，雅丹邀客酹残霞。
瓮头自有春消息，白发犹堪醉卧沙。

闻王子钝诗集出版喜赋长句

书生投笔不从戎，绝塞弹冠百里中。
无术回天拯火热，逆鳞逃世叹途穷。
诗肠吟到东方白，佛海今传长者风。
欲问昆山谁大老，等身著作最青松。

锁门关

万里城穷又一城，玉门春度铁门晴。
雄关不为传烽燧，盛世何须见吏兵。
山倚层楼添胜景，河流孔雀灿新屏。
莫言地尽天还尽，无尽民心手足情。

寄白羽

别时回首泪婆娑，梦断京华五月过。
塞上心情仍寂寞，江南诗兴问如何？
欲闻国事殷忧少，莫为童年白发多。
笔自生花人自老，东篱岁月我蹉跎。

赠任晨

少年投笔战烽尘，老去班荆共论文。
笳鼓何如曹竞病，丹青出入李将军。
云中烈士成新诵，燕北骄龙话旧闻。
边圉风流无限事，明园赋韵报秋深。

夜　思

北斗星寒夜未闻，闲云叆叇阵云翻。
青萍梦冷追穷寇，浊酒心酸咒逝川。
绵亘宫墙人涕泗，依稀画舫水漪涟。
低吟化鹤归城郭，且挑红灯续断笺。

题新疆《军垦史志》

上将麾兵遣虎符，万夫束甲又荷锄。
天埋红柳燃金燧，石破银河落玉珠。
苦碛春犁期沃壤，盈眸秋稔尽流酥。
白山南北长蛇阵，谁绘绵延锦绣图。

咏晚香玉

名花底事夜来香，玉骨冰肌枕席凉。
水殿风丝沾翠袖，珠帘鬓影入兰房。
轻怜只许邀明月，长伴谁能趋梦乡。
无奈更残留不住，宵寒依旧待芬芳。

悼王洛宾

坎坷终生曲数篇，行云缥缈口头传。
西欧人唱冰达坂，南亚神驰吐鲁番。
风雨有心分尔汝，尖新无韵不民间。
莫非白玉楼重筑，一曲凭君颂九天。

杂 咏

筇杖龙钟步履摇，园林岁月老夫遨。
客来尊姓频频问，读罢华章瞬瞬摇。
记事珠中多旧雨，家常话里少新潮。
偶然落笔成诗句，只为消闲不畏嘲。

心系新疆

汗染红尘泪染畴，有情风物系心舟。
葡萄瓜果流传久，石片金砂产业稠。
县圃深间藏宝玉，阑干那畔织新绸。
人家欢乐国家富，地上棉花地下油。

悼李静轩

瞬息阴晴瞬息寒，白云皓首泣天山。
一从倾盖硝烟日，几度班荆陇坂间。
西塞遍栽桃李树，边陲长筑脊令原。
功勋世代听评品，谦厚惇惇长者难。

鹊桥仙·祝王楠八十寿辰

燕南倚马，常山携手，鼙鼓几经冬夏。捷音已奏未投戈，又转战妙香山下。　　人间八十，风华犹茂，莫看斜阳图画。自今逢五一称觞，再多少遭儿休罢。

八声甘州·沙枣

莽风尘策马度春寒，天涯暗香传。趁朝暾乍暖，寂无人处，开向沙边。笑煞千花万蕊，宛转遣人怜。玉砌嫌湫隘，自有河山。　　征旅年年长路，便无风无雨，也够阑珊。问身临境者，何事最为难？有多少羁愁未隐，更教谁长日慰征鞍。香渐远，任他引入，又一重峦。

贺新郎·红柳

百卉应难比，问者番，绝妙丹青，是谁手笔？日月挥毫霞生色，不倩星星雨水。指点间，千红万紫。王母安排游宴处，料当年八骏风云起。上林苑，蜗庐耳！　　劫来树树犹如此。记那日，轻车夜渡，凄凉戈壁。百丈阑干冰云彻，亏尔千年根底，才换取丝丝春意。屈指前尘仍历历，道如今都是笙歌地。斜阳外，晓风里。

水调歌头·闻库车获大气田将设输气管线不胜欣喜

奇碛几时有，把酒问神州。峥嵘廿一世纪，花蕾乍绸缪。莽莽长江嫌短，万里长城遍览，烽火筑新楼。西起帕米尔，东临沪海畴。　张骞梦，龟兹渡，塔河舟。手捧满瓯神焰，月白风清赤县，环保我先酬。西北大开发，庙算胜头筹。

刘淑芳

1933-2010年，山东烟台人。新疆七一棉纺织厂离休干部。新疆诗词学会会员，著有诗词、书法《淑芳集》。

天 山

春暖天山雪，林深草木吟。
清泉流石上，松柏故人心。

小园雨后

花繁亭阁丽，雨细柳杨青。
曲径如油洗，泉声乱鸟鸣。

春 潮

雪润柳杨娇，春风化碧涛。
神州张锦绣，华夏涌商潮。
改革铺新路，宏图架彩桥。
全民同致富，共摘小康桃。

歌唱新疆大开发

旭日东升紫气冲，惊天喜讯贯长虹。
草原万里歌声起，遍地英雄唱大风。

黑龙江抚远即事

古稀不厌远东游，遥望名城天尽头。
好梦未成方夜半，阳光却已照帘钩。

小　草

自生自长漫天涯，石隙悬崖也作家。
不与牡丹争富贵，惯将生命铸春华。

春郊游

寻芳结伴西郊游，柳絮风吹雪满头。
极目桃园红烂漫，清泉荡漾唤渔舟。

咏 菊

重阳过后雪纷飞，西苑黄花冷翠微。
昂首枝头颜不改，深情一片抱香归。

北国胜境水磨沟

泉涌欢歌碧水流，榆杨繁茂小风柔。
长廊婉转林荫醉，画阁深藏曲径幽。
佛殿通灵山顶伫，诗碑增色谷中留。
一年四季人如织，谁问冬春与夏秋。

刘维邦

1940 年生，甘肃定西人。新疆钢铁设计院高级工程师。新疆诗词学会理事、乌鲁木齐诗词楹联家协会理事。

过卡拉麦里山自然保护区

阴云垂幕气萧森，大漠遥望白草深。
标语路边多警示，回归野马可无侵。

微雨游兴庆公园

朦胧可是旧池台？疏柳如丝和雨栽。
遍数沉香无国色，凄凄黄菊背人开。

巩乃斯草原行

天山西降水西流，旷远苍茫入胜游。
穹下毡房围部落，塞前碧草散羊牛。
野花烂漫招蜂恋，佳酿微醺劝客留。
更喜牧民新享受，棚栏边上打台球。

香港回归十周年感作

景仰明珠共五洲，十年风雨小春秋。
攫金大盗逍遥退，啮肺瘟神密网收。
添马当时悲末日，九龙此刻喜昂头。
纷纭世事该何断，谁访香江第一流？

瞻仰周总理纪念馆

硕果金秋万木迎，总场初到意难平。
一尊公仆众心立，百丈丰碑天外擎。
列国广交新伙伴，中边接见小知青。
白杨作证清风絮，犹是当年笑语声。

巴轮台黄庙

游兴频添雨后浓，涉溪拜庙访西蒙。
佛经雪域传宗密，艺贯中原造像同。
曾到西天非乐土，还归故国有尧封。
香灯法事今休歇，趁牧天山水草丰。

赛里木湖

神疲体簸到三台，扑面清新困眼开。
潋滟波光眯目远，银鳞细浪赏心来。
牛羊散漫随原草，鸭鸥交欢戏岸苔。
尘路暂行沧浪趣，晞风濯发畅游怀。

交河故城

交河依旧绕孤洲，旷世繁华圮废丘。
岸断千寻城堑险，崖开一道塞门幽。
尘衢畅达空车马，颓壁交邻掩幌旒。
漫说天骄驰铁骑，封关座困亦归休！

乙亥闰八月头屯河见苹果花兼寄徐荣章书记

西园衰柳半凋零，乍见苹花暗震惊。
应与杜兰争淡雅，何从陶菊较英名？
论人片面终非是，造物差殊自有凭。
诸事年来皆背兴，游观邂逅暂移情。

步韵孙钢先生除夜偶吟　二首

（一）

梦回壮志跨征鞍，四壁苍颜照旧残。
免俗未能抛俗念，过年还得备年餐。
荧屏潇洒金蛇舞，诗苑寒伧绣虎蟠。
我欲放怀图一醉，头伤浊酒倚窗栏。

（二）

欲奋驽骀鬓已斑，勉从格律寄悲欢。
蛩寒吟叹声方苦，驴背敲诗兴未阑。
热客无妨门寂寂，红莲有助对姗姗。
喜蒙学长传新作，白雪山鸡唱亦难。

山　居

山中岁月各艰难，布帐毡房结善缘。
皮卡骅骝频过往，面包奶酪各趋餐。
牛羊遍野还惆怅，乱纸堆床亦恼烦。
水草终因开矿毁，居无定所总堪怜。

续山居

阿山居罢又天山，前值深秋此岁寒。
白桦胭红心永忆，苍松俏劲雪中看。
半间土屋安身易，百丈冰河饮马难。
影视联通都隔绝，熊熊炉火贺新年！

醉花阴·风筝

惯向人前矜作秀，盼到春时候。平步上青云，难掩蝉纱，篾杆临空透。　　机缘巧借他人手，艳羡群夸口。卿命有谁知，叵测风云，留意栽筋斗。

刘维钧

1929年生，辽宁新民人。新疆大学中文系教授，著有《西域史话》等。

西江月·叶尔羌春江

溪绕山斜烟袅，一廊真彩田园。绿荫笼翠越墙垣，姹紫香飘庭院。室内清芬轩雅。席床绣毯花毡。花间彩蝶弄堂穿，追逐衣裙浪漫。　村内小楼八九，二三鱼浦河滩。鸭鹅款款戏清川，户户囤盈仓满。男子承包兢业，采桑女媪兴蚕。太阳月亮抢当班，吞夜昼长一半。

刘瑞莲

1946 年生，女，甘肃临洮人。博乐市纪检委退休干部。博尔塔拉老年诗书画协会、新疆诗词学会理事。

阿尔夏提探幽

山凝瑞霭千秋雪，树锁葱茏百丈青。
最是绿涛心海净，仙泉隐处紫烟生。
草甸芳菲列帐丛，帘门半掩蕴春浓。
小诗随意酿成酒，解识吟朋唱大风。

过吊桥

万壑春深绿暗裁，千峰簇翠送青来。
索桥野渡山摇水，彩蕾无名崖畔开。

重阳登高五一水库

郊游结伴喜重阳，水库风光锦绣乡。
秋色依然千里外，登高共赋老年狂。

游哈日图热格一线天

群峰锁紫烟，幽谷涌清泉。
绿染松含翠，红凝花绽妍。
云深归牧晚，岩峭引人攀。
坐爱华林美，怡情一线天。

阿拉山口纪行

双峰衔月忆春秋，一地风沙万古愁。
今有铁龙驰鹿港，更多烟树影岑楼。
旗辉哨所国门壮，关检联厅口岸优。
花帽彩裙金发客，东来西往市声稠。

刘德芝

1949 年生，江苏丰县人。曾在新疆塔城地区供销部门工作，1997 年返回故乡。新疆诗词学会会员、塔地区诗词学会原副秘书长，著有《沙鸥诗词集》。

雨后夏夜随笔

骤雨初收云未散，微星欲现月犹藏。
村庄寂寞黄昏后，处处蛙声闹水塘。

偶　题

半生风雨系舟迟，历劫艰难鬓有丝。
晓破江天云散后，停桡独羡雁翔时。

托里秋望

雨霁寒秋木叶凋，边城纵目亦逍遥。
溪流宛转奔荒漠，岭雪参差映碧霄。
散牧牛羊归去逸，孤鸣鸿雁远飞劳。
余生欲觅幽栖地，塞上何妨试结茅。

自 嘲

半世辛勤好读书，结缘翰墨运何如？
文山设网空求兔，诗海垂纶未获鱼。
一具衣箱尘已染，三间草屋鼠同居。
谋生自愧无仙术，日理园蔬供岁需。

清平乐·牧归

峰峦无数，芳草留春住。近水穹庐三两户，斜日沉沉欲暮。　跨鞍何处娇娥，驱羊转下高坡。哼着歌儿归去，手中牵个骆驼。

清平乐·迁牧

微风拂面，雨后霞辉灿。莽莽疆原曦雾散，雪岭天边耸现。　牧民春季迁家，牛羊趋走声哗。马上红裙经过，怀中犹戏娃娃。

刘燕文

1945 年生，湖北天门人。新疆社会主义学院退休职工，现为新疆作家协会、新疆诗词学会会员。著有诗词集《人生杂咏》。

阿勒泰市骆驼峰

金山诡送双峰耸，岁踞边城闹市中。
砥砺人生尘万里，黄沙踏尽笑春风。

咏　梅

初开驿外几临君，纵辨红黄意未分。
万笔噙香穷雅趣，千姿聚砚任诗薰。
铮铮铁骨催春早，瑟瑟冰心抱雪深。
拥有高标非自许，芳魂笑驻百花阴。

柳梢青·无题

一夜清风，壶中酒罄，春恨犹浓。梦境幽幽，寒天凛凛，满院疑容。　　飞鸿来去匆匆。岂堪醉、当年旧盅。灯下同心，阶前共誓，曾证蟾宫。　　此心何累，仲春时节，痴情频寄。莫叹年华，休言风雨，如烟飞逝。　　将来好酒千杯，纵意举，长歌伴醉。忘了轻名，珍怀晚霞，恭迎新瑞。

南乡子·梦登天山

飞梦挂冰川，午夜星繁月正园。千古天山临绝顶，攀援，望断关河五岭寒。　　惊起尚缠绵，一片朦胧枕畔间。汗水淋漓披衣踱，恍然，斗转星移破晓天。

烛影摇红·秋意

绿退红残，风吞云卷鸿初渡。心惊天暮理从头，羁旅翻愁苦。莫谓酸甜喜怒，究尘埃，严霜利斧。光阴惯忍，渐次袭来，秋声如注。　　鬓白身衰，居常幸避闲情妒。合当梦醒看人寰，步月随心吐。笔砚难磨李杜，仰丹枫，宫商偶赋。东篱正盛，叶落边陲，虚名何顾。

虞美人·钓雪

周天寒彻西风紧，两地谁心稳？鳞飞抖落石榴裙，岂料梦中烟雾锁琼门。　　声微远望昆仑上，似见雪莲放。铺笺欲颂玉容鲜，却是一眸虚幻秀难餐。

齐国侨

1933 年生，女，河北蠡县人。伊宁市第四中学高级化学教师，现为伊宁诗词学会理事、新疆诗词学会会员。

小院闲情

三径宾来少，轻风拂露苔。
无声花落地，有影月徘徊。

破阵子·40年后返校,师生小聚偶记

山北层林尽染，岭南花草犹鲜。小桥流水芭蕉掩，茅屋可见三两间。火棘红烂漫。　　晚岁黎眉再聚，师生促膝畅谈。指点江山生感叹，壮志未酬心难安。倥偬发已斑。

行香子·秋思

乍起秋风，秋叶渐黄。雁南归，意尚彷徨。奈天渐冷，田野苍茫。有高粱红，芦花白，菊花黄。　　秋溪澄澈，淡淡流香。鸟儿唱，溪岸斜阳。无端乡思，渐涌心房。天涯路，乡音阻，系愁肠。

忆秦娥·忆旧

息轻雷，小园深处春风吹。春风吹，杏花飞雪，紫燕双飞。　　海棠树下流光催，梦中犹怕人难归。人难归，相思未老，物是人非。

江水寒

1944年生。新疆奎屯市政府外事办公室退休干部。新疆诗词学会、兵团诗联家协会会员。

咏煤矿工人

矿灯一盏抖精神，不计长年苦与辛。
曳住夕阳到深夜，唤来北斗共清晨。
伏天酷暑千钟汗，腊月严寒万户春。
但愿炉前温饱者，勿忘井下采煤人。

寄友人

流水心思野鹤怀，与君觞咏日悠哉！
鸡鸣犬吠村烟乱，马跃人欢晚角哀。
湖海相逢犹带笑，云霞不语亦怜才。
西风慷慨常相问，茅舍无门不用推。

江化冰

1977年生，四川达州人。新疆桥梁工程处职工，新疆诗词学会会员。

大龙池泛舟

白云倒影碧波潭，四面青山笼水烟。
少女歌声方落定，一篙入水荡层涟。

访北庭故城

古道黄尘落日长，悲秋故邑诉沧桑。
繁华看尽风云散，唯恐今宵梦大唐。

踏　春

登高一览豁心胸，塞外风光自不同。
漠野风回千顷绿，冰山水润万枝红。
雪溪流韵飘天际，林莽飞涛泻碧空。
我有三千豪放句，从今不唱大江东。

西江月·叶河春韵

两岸红花绿柳，一河碧水粼光。蜂飞蝶舞正匆忙，浪摆小舟轻荡。　　鱼在水中起舞，鹰旋云底翱翔。清风缕缕恋斜阳，四处欢歌嘹亮。

浪淘沙·夜雨抒怀

细雨总纷纷，难洗红尘。花开花落几回春？多少英雄多少梦，一去无痕。　　纵有志凌云，怎觅清音？烟波浩渺路难分。莫叹世间无雅韵，但看昆仑！

西江月·独步多浪河畔寄怀

几点流星似雨，一弯残月如钩。纷飞落叶涌千愁，把我心扉频叩。　　多少尘封往事，都随记忆凝眸。春光远去不回头，浪打风吹依旧。

江德泉

1933年生，山东文登人。新疆伊犁毛纺织厂高级经济师。新疆诗词学会、乌鲁木齐市诗联协会会员。

重阳寄友人

晴空万里日光纯，重九经霜菊色新。
莫道异乡为异客，神州无处不亲人。

游天池

云影冰峰倒映中，轻舟飞渡碧玲珑。
吾心已到瑶池地，欲问蟠桃可熟红。

乌鲁木齐巨变

交错长虹气势雄，如林广厦插云中。
旧时容貌难寻觅，望里红山别样红。

水磨沟冬景

寒阳灿灿映冰峰，玉树琼花入梦中。
满目琳琅银世界，宛如身在水晶宫。

进疆工作五十年

风华正茂出阳关，未改乡音鬓发斑。
五十春秋风雨路，笑看杨柳漫天山。

抒　怀

扬鞭跃马向天涯，冬去春来度岁华。
塞外风飘千里雪，江南雨润四时花。
茫茫沧海迎朝日，漠漠黄尘披晚霞。
回首征程聊一笑，老来西域爱听笳。

忆江南·伊犁美

伊犁美，景色独芳菲。山号乌孙天马健，川如敕勒牧羊肥。夕照伴人归。　伊犁美，物博醉心扉。曼舞轻歌箫笛奏，刁羊赛马显神威。更爱姑娘追。

汤少皓

1937 年生于日本东京，抗战爆发后随父母回国，湖南张家界人。新疆诗词学会、新疆生产建设兵团诗联家协会会员，石河子诗词学会秘书长。

菊花石砚

菊花石砚酝风流，天赐浏阳造物优。
代有淮川栋材出，飘香翰墨绘神州。

蒿子粑粑

金秋盛宴聚浏阳，游子天涯返故乡。
最爱蒿粑饱口福，别来叩齿尚留香。

上天池经石门

峭壁迎人一线天，峰回路转忽深渊。
涛声阵阵鸣幽谷，犹似银龙起舞翩。

龙门游

伊水长堤柳絮飞，半坡石佛守清规。
红羊劫后青青草，细雨春风扶醉归。

玛河景观

天山万壑大冰川，七月咆哮涌下山。
骇浪狂龙呼啸去，空余皓月照沙滩。

安 庆

1953 年生，黑龙江海伦人。哈密地区体制改革办公室干部。哈密诗词学会、新疆诗词学会会员。

春 光

一夜暖风杨柳绿，桃花粉面转含羞。
牡丹芽嫩欺红玉，欲揽春光早下楼。

从武威返哈密途中

大漠黄沙滚，祁连万里晴。
天山银片舞，丝路铁龙鸣。
紫霭浮荒碛，清风卷土城。
分瓜篝火旺，驼影带霜星。

安 寿

1944年生，甘肃酒泉人。阿克苏地区诗词学会常务理事、新疆诗词学会会员。

太湖之滨

沐着晴霞荡绿涛，波光潋滟任舟摇。
风吹芦苇无穷碧，日照荷花分外娇。
妹子采莲笑声美，哥们收网热情高。
归舟满载农家乐，阵阵渔歌湖水飘。

电焊姑娘

宛如天女散银花，疑是星空亮彩霞。
手舞火光书岁月，汗流工地写年华。
钢筋丛里添风采，脚手架旁赢赞夸。
献给边城情一片，新楼崛起喜千家。

安 林

1932年生，四川遂宁人。乌鲁木齐矿务局苇湖梁煤矿原党委书记，高级政工师。新疆诗词学会会员。

春到边城

边城小雨浥尘沙，一夜东风著杏花。
红日轻收残雪去，春归塞草吐新芽。

荡舟翠屏湖

翠屏遥望水连天，堤绕藤花柳罩烟。
多谢东风迎远客，轻舟破浪载歌还。

过吐鲁番

美酒葡萄吐鲁番，远迎南客出阳关。
烟花三月鹅毛雪，引得春风度焰山。

山庄秋色

前峰日照半坡银，落木秋风遍地金。
莫道重阳芳草尽，山庄红叶艳如春。

安溅文

1958 年生，新疆乌鲁木齐人。教师。王洛宾诗歌传播学会副会长、新疆诗词学会理事。

乌鲁木齐河滩路

乌河水涸烟波逝，瑶草吟开两岸愁。
饮马长桥星斗转，飞奔驰聘日边流。

祁有才

1944 年生，甘肃兰州人。新疆农业大学原宣传部长。乌鲁木齐诗联家协会及新疆诗词学会会员。

感　悟

初别靓男女，相逢鬓染霜。
犹如驹过隙，人世沐沧桑。

忆　故

老友归西去，已成冥界人。
红颜英俊貌，一忆一纠心。

互　勉

轻易勿言老，膝间绕儿孙。
并肩同勉进，安度晚年春。

道 别

相逢终有别，友谊万年长。
分手珍情重，欢欣度小康。

端午随想

吟诗作赋笑声欢，勾起心潮似浪翻。
菊洒遥陈屈夫子，汨罗江水可经寒？

青藏铁路

风驰电掣巨龙欢，飞跃昆仑只等闲。
汽笛声声开雪域，藏乡又是艳阳天。

许 波

1934 年生，字石麟，湖南湘潭人。新疆伊犁师范学院外国文学教授。中华诗词学会、新疆诗词学会会员。

独步天山脚下雪野中口占

怕访亲朋只伴鸥，虽生犹死已无求。
如何华发飘零尽，还结春山细雨愁。

有 感

游丝飞絮总因春，柳浪难浮客子身。
安得垂纶无挂碍，风波亭畔钓金鳞。

遣 怀

书剑飘零事业荒，遥瞻前路复茫茫。
诗成灯灺悲天老，梦断凉生觉夜长。
已逝华年余白发，方来苦绪似春江。
抛残红豆情难尽，犹洒相思泪万行。

悼屈原

泽畔行吟事可伤，不堪随俗怨乖张。
当时未许评功过，后世应宜论短长。
众口罪臣诛郑袖，几曾秉笔伐怀王。
千秋遗恨深如海，留与人间仔细量。

细君公主

南望乡关豁远眸，雁声嘹唳几惊秋。
红颜忍揾青毡泪，上国欣成帝业谋。
碧草连天云漠漠，冰弦鼓夜梦幽幽。
千年前事凭谁问，何处埋芳土一丘？

中秋望月答越人　二首

（一）

塞上秋光着意餐，倾怀独酌影成三。
经年离恨思春草，失路悲歌说玉关。
万壑松涛摧落叶，千河清露洗银盘。
幽辉满地人寰冷，愁听琵琶带泪弹。

（二）

半生寥落半生孤，写尽愁心泪已无。
素月不怜人寂寞，寒光偏弄影萧疏。
飘零但自留遗恨，迟暮何堪说壮图。
走马轮台须鬓白，江关肠断一封书。

重游金陵登徐达胜棋楼有感

欲销惆怅更登楼，羁客重来感旧游。
啼鸹有情歌乱树，清波无意托扁舟。
曾闻铁锁沉江底，讵料桃花葬石头。
一着棋高谁识得，英雄长伴美人愁。

悼友人

堪怜含笑御春风，二十年华火样红。
瀚海徜徉方缱绻，人间来去太匆匆。
空山月冷歌钟远，荒草坟孤暮霭浓。
是是非非都已矣，啼鹃声断寂无踪。

一剪梅·寄远

怅望伊河水不东，河上冰封，心上冰封。怒云狂雪阻归鸿，天也蒙蒙，地也蒙蒙。　　怕道重逢只梦中，情自融融，春自融融。误他相约醉东风，人在花丛，诗在花丛。

陌上花·忆昔遣怀

西风骤起，平沙摇动，蓦然秋晚。绿水桥边，难忘那回低唤。记曾金榜题名事，只是惹人肠断！想桐花渐萎，紫箫声咽，梦回旅馆。　　恨青春易老，心期暗许，几度霜林红染。扑岸寒潮，又把栖鸦惊散。素心折柳何堪忆，凄切遥天远雁。纵江郎、写得离情千缕，俱成虚幻。

孙　钢

1925年生，字炼柔，浙江瑞安人。在新疆长期从事商业行政管理工作，现为新疆诗词学会名誉会长、乌鲁木齐市诗联家协会顾问。著有《镂冰室吟稿》，主编《当代西域诗词选》（庚辰版）、《昆仑雅韵》等。

清　夜

不寝当清夜，听歌思自惬。荧屏半下里，徒令厌喧聒。未若弃之去，推扉就明月。月色可中庭，星河耿未没。此时觉余怀，似共月澄澈。凉露湿衣襟，微风动华发。秋声在何许？隐约发林樾。

车过嘉峪关

嘉峪雄关在，长城望渺然。
雪云浑莫辨，何处是祁连？

为姚铁老题画鹰

搏击寻常事，苍茫万里心。
昆仑摩健翮，瀚海正秋深。

昙花一首和萧翁

多生馀结习，丈室老维摩。
不共素娥约，其如清夜何？
妙闻香袭袭，净爱色瑳瑳。
一现优昙钵，诗心寄佛陀。

长 夏

塞上逢长夏，城深景色幽。
冰峰消溽暑，阆苑似清秋。
偶向花间坐，聊为物外游。
晚来新雨过，浓翠压重楼。

题铁门关

大漠雕盘碛口风，铁门深锁浪千重。
无人不道雄关险，此去龟兹十万峰。

边 心

皂雕盘戍霜风劲，苍鹘摩空秋日斜。
万里边心怅寥廓，雄关睥睨忽闻笳。

博斯腾湖一首酬野苹吟长

咫尺银屏得卧游，风蒲猎猎博湖秋。
长竿大笠随翁去，万顷烟波一钓舟。

青城山

翠拥山城碧水环，此身疑入武夷山。
上清忽送钟声至，三十六峰云外闲。

访九寨沟

五彩缤纷变化奇，人间仙境画边诗。
湖光倒影神凝处，别样风情入梦时。

重至西湖

别来长夜梦西泠，湖上诸山列画屏。
多谢春风俟归客，拂堤仍遣柳条青。
六桥波影倒晴天，回首雷峰夕照边。
到此能无今昔感，别裁小曲入新笺。

斐斐自京邮寄《新诗评论》

垂老耽吟自笑痴，时还探索到新诗。
从教诗近边缘化，一点冰心好护持。

读黄晦闻前辈《蒹葭楼诗》

入律冥搜笔有神，后山以后一诗人。
哀筝弹泪伤时语，插海红桑念劫尘。

读李渔叔先生《花延年室诗》

平生慷慨悲歌意，海峡惊涛系梦思。
犹忆破窗风雨夜，一灯如豆读公诗。

春 雪

天将残雪补三冬，连日风寒料峭中。
塞上惯看飞絮白，江南几见落花红。
茶旗味永思佳客，菜甲情深慰老农。
身裹重裘沿旧习，且持杯酒待春融。

漫 兴

卅年驰逐倦边关，垂老耽吟意转闲。
小子逢场原客串，诸公本色自科班。
春回积雪层冰里，诗在穹庐瀚海间。
何事闭门矜得句，一樽惭愧对天山。

雄　边

雄边千里即为家，卅载江乡梦已赊。
广漠香飘沙枣树，深山艳绽雪莲花。
明珠丝路话今昔，锦厨蒲桃输迩遐。
记得阆风曾绁马，回鞭朝沐博峰霞。

梦游天山

经年蜷局守蜗庐，此日登高快一呼。
极目难穷天远大，回头惊觉路盘纡。
风来翠壑鸣松籁，霞染丹崖散绮馀。
咫尺冰川呈万象，藐姑亲见雪肌肤。

酬百谷先生

塞上相逢各老年，那堪回首话屯田。
一灯泪洒吟边草，万顷晴开劫后天。
君自情豪摩剑魄，我怜骨瘦耸诗肩。
漫言卓荦平生意，住得瑶池便是仙。

孙 桢

1926-2010年，甘肃天水人。乌鲁木齐军区后勤部原团职离休干部。新疆诗词学会会员。

天山冬望

终生边塞客，落落不知愁。
人面何曾老，天山已白头。

偶 感

险峰无坦道，世略坎坷多。
唯有林泉月，相依度爱河。

寄 远

我心与尔心，藕断却丝连。
魂系关山外，情凝方寸间。

甲子除夕

爆竹放声催，流光又换容。
凭窗观岁火，坐待五更钟。

横越胜利冰达坂

行尽崎岖路，盘疑上险峰。
白云挥手散，红日摩自逢。
巨石倚天立，群山脚下从。
迎风观壮景，天地在心胸。

塔里木河

源水出天末，穿山劈巨豁。
奔腾无定规，翻滚势难夺。
野马失绳缰，困狮被解脱。
汹涌瀚海中，两岸绿原阔。

春日赏杏花

暮寒怯退没多时，春色妖娆上杏枝。
老干梢头花正茂，江山一夜换新姿。

白杨沟瀑布

遥望白虹飘玉带，近观银絮散花飞。
谁持雪刃凌空舞，直劈青天入翠微。

忆 旧

碧柳丛中闻燕语，红湖月下送军行。
一声杜宇悲春暮，半壁残阳弄晚晴。

华清池

九龙喷雾雾凝香，贵妃池边细柳长。
仿佛玉环初睡起，为人依旧舞霓裳。

孙乃一

1941 年生，天津人。新疆冶金建筑公司退休干部，现为新疆诗词学会顾问、深圳诗词学会副会长。

题画梅·1988年孤山归来写梅偶成

一夜朔风吹，天山雪千尺。
漫漫空万里，太息独拄策。
临窗写冰蕊，铁骨凛荒漠。
笔下生青苔，悬壁动魂魄。
犹闻笛三弄，罗浮梦清夕。
处士影横斜，叹非西游客。
云道法自然，泥古原不适。
我自写我心，离心定非则。
诗翁何所钟，雪海凝春碧。
倩谁月下吟，归去依顽石。

参加1988年全国名家书法邀请展

天山风雨松涛远，大漠鸣沙客梦真。
千古瑶台霜万里，百家齐集墨痕新。

题画菊

金黄满地石生凉，写得西风解醉觞。
自古折腰佳句少，东篱始信有真香。

西域葡萄

一盘碧玉如承露，满架清荫许纳凉。
已惯西游漂泊客，夜光杯举醉他乡。

丁卯年予有海上之行乘森索句

把酒吟春福寿巅，茫茫又向海云天。
飞鸿欲寄潮阳路，明月斜钩不系船。

第十一届中华诗词研讨会在新疆石河子举行

万里烟涛更向西，绿原驼影夕阳低。
客来泉涌三千丈，岁稔谁锄第一犁。
阡陌绘成天地老，春秋耕就子孙禔。
只今大业惊寰宇，雪映瑶台奔马嘶。

丙子夏月偕友登天池

策杖登临九曲盘，瑶池别后十三年。
寒峰碧水一泓映，绝壁松涛百虑蠲。
兴废谁人遗铁瓦，彷徨我辈误华巅。
溪边野叟漫招饮，午梦犹谋归去篇。

自题画桃

瑶台万里几曾经，夜雨潇潇带梦听。
五八年华一弹指，半生漂泊等浮萍。
围城难作非非想，泼墨何妨漫漫倾。
谁识南村打工叟，酡颜写就浪题名。

六十初度个展答友人

岁华六十只寻常，无意争奇与斗芳。
志学真行愧逸少，闲临猎碣戏鸿堂。
古稀敲句羡君健，颠醉草书叹我狂。
无限夕阳且吟啸，令名让与少年郎。

过嘉峪关

临窗远望起征烟，折柳曾闻嘉峪关。
古道天粘衰草白，飞檐霜挑日光寒。
高台寂寂无烽火，大漠茫茫有驿传。
犹响驼铃继千古，如今不叹路行难。

孙外则

1955-1997 年，笔名秦愚，陕西子长人。新疆阿克苏地区中心地震局干部。新疆诗词学会会员、阿克苏地区诗词学会理事。

游多浪渔场荷花池

塞上新城九月红，苍茫绿野幻无穷。
一池莲叶连天碧，几朵荷花醉晓风。

病榻偶成

萧萧落叶乱飞弹，短榻呻吟客影单。
未识前程秋几许，满天风雨路漫漫。

孙驭昆

1938-2011 年，字凌天，江苏邳州人。塔城地区教育学院原院长。中华诗词学会会员、新疆诗词学会理事、塔城地区诗词学会会长，著有《芙蓉阁诗笺》。

离天咫尺间

翻山复翻山，云雾绕峰峦。
奇险狼雅错，离天咫尺间。
当年冰雪化，瀑雨霎时旋。
食肉衣毛者，焉知放牧艰。

柴汉江秋色

苍山转寒气，秋水渐清凉。
老丈柴门倚，临风目雁翔。
渡头江岸晚，落日紫霞光。
孰晓吾心醉，落帆不远航。

登和丰北大山即景

转錾更难行，崎岖路有荆。
马沿山峭走，云绕足边生。
芳草朝阳茂，牛羊傍石鸣。
顶峰回首望，大地雾烟萦。

宿察查尔镇抒怀

日暮观山翠，伊河急夜流。
风鸣边塞远，月照夜漂舟。
碎叶非吾镇，邳州忆旧游。
还将思念泪，遥寄海潮头。

登和丰县北大山即景

重岩叠翠看云松，涧水悬崖瀑布隆。
两面峰峦相对秀，落霞夕照满山红。

过伊犁河大桥

客居塞外卅秋霜，岁岁思乡忆建康。
西进仍须经楚水，谁将碎叶认家乡？

过赛里木湖

天山西段险峰多，托出平湖漾碧波。
水映群山生怪象，松垂霰雪接崎坡。
乌云暗暗天将雨，烟雾蒙蒙石欲魔。
四面云山呈妙景，千秋岁月走盘陀。

蝶恋花·石河子新城

林密荫荫荫蔽路，杨柳婀娜，十里今何处？山色冥冥岚岫暮，高楼耸耸穿云雾。　细雨霏霏风渐住，芳草萋萋，紫燕低飞顾。雨润花鲜枝叶露，鸟啼翠柳歌声趣。

菩萨蛮·旅游长江抒怀

云烟霭霭山如绣，碧江似带弯弯皱。晓色上船舷，露中晨气鲜。　远方多静寂，逆水人心急。旭日映朝霞，江天波泛花。

孙传松

1925年生，山东省蓬莱人。新疆伊犁哈萨克自治州纪律检查委员会离休干部。中华诗词学会会员，新疆诗词学会顾问、伊犁诗词学会副会长，著有《磨杵诗词》《八十过隙诗词选》等。

尼勒克之春

四月坡阴雪，紫羔嬉草滩。
柳梢披五彩，户户晒花毡。
策马寻诗去，追春陌上游。
桃花新吐艳，红了黑山头①。

【注】

① 黑山头，地名。

西行心语

当年气盛不知寒，沐雨栉风出玉关。
挈携双雏行万里，牙牙学语已支边。
草作氍毹嶂作帏，紫荆红药斗芳菲。
惺忪忽见尘烟起，汗马山南驮酒回。
老住西陲幼住东，故乡隔久梦难通。
清泠知是天山雨，却忆蓬莱海上风。
记与亲朋话塞沙，泥墙土顶扎篱笆。
如今鳞栉楼群起，一样边陲两样家。

草原骑手

腾骧哈萨克，驭马百群空。
鞭指尘烟外，缰飞吼啸中。
过山摇尾浪，趟草响蹄风。
索套遥抛掷，牧儿逞悍雄。

塞上豪情

京华投笔授长缨，未着戎装也远征。
瞭望台前曾纵眼，筹边楼里记谈兵。
林檎解渴呼停马，野味加餐正放鹰。
鞭指索桥河界外，男儿襟抱满豪情。
飞絮人生逐水流，埋头西北趱沙丘。
连云界岭纵身近，动地边河撩眼收。
枫叶深林浓点染，菊畦老圃淡追求。
风侵雨袭难忘却，梦里又登屯戍楼。
点兵赍命戍边州，旅雁远迎芦荻秋。
耳里忘情听塞鼓，怀中有笔揣吴钩。
酒狂每效牛头饮，诗涩偏多马背讴。
雨自滂沱风自吼，从征路上枕戈矛。
护边岁月费操筹，戍事眉燃国事忧。
隔岸横拦铁栅网，临河对峙瞭望楼。
苇湖草密熊潜迹，堠堡程长马紧鞦。
风雨无间常警戒，逡巡百里炯双眸。

丝路揽胜

丝路流连竟执迷，豪情直欲扑天霓。
毡庐夜听深山雨，牧道朝行湿露蹊。
眼阔方知心域小，步高转觉抱怀低。
古今多少沧桑事，痕印犹留旧雪泥。
花繁草艳聚山魂，立倚杉松俯卧茵。
绿涨荒原三月浪，雪横峻岭半天云。
迎秋先住清凉界，消夏同为拾翠人。
乐对升平燃篝火，招来紫气满乌孙。

巩留县云岭山庄

眼前岭影杂峰痕，美景陶情亦骇神。
乱石嶙峋刀斧削，谲云团簇魅魑皴。
风吹峭壁敲山骨，雨漫长空淡月轮。
泉响烟喷声色壮，老林深处最销魂。

昭苏夏塔草原

水随峰转路连空，四处云霓八面风。
直线穿山越峡谷，绕弯攀岭近冰峰。
牛羊漫散丘陵窄，夕色沉浮落照红。
今夜老林毡帐宿，梦中又跨五花骢。

醉蓬莱·晚景

是童年揣想，世乱风狂，易摧纤树。冷浒湍滩，恐桅樯难渡。忽遇河清，更逢冰解，迎玉堂金缕。放棹苍江，泅游绿浪，转翻红雨。　　老见承平，尽蠲馀虑。隽语题桥，粲花铺路。无碍无牵，卧白云深处。朝望鹰飞，夜听林啸，看夏来冬去。朗月飞波，溪流垂眷，晚霞常驻。

孙忠云

1963 年生，女，新疆石河子市人。兵团八一棉纺织有限公司统计师。石河子诗词学会会员。

游北湖

浩渺烟波泛画舟，无边光景望中收。
微风慢送迟归客，一尺红鳞跃舫头。

中秋望月

夜静人稀玉宇清，磨空冰镜映分明。
天风一阵潇潇鼓，摇落乡愁寄语声。
闭月深宫晓未开，丹墀玉影独徘徊。
木樨零落随风去，片片馨香入梦来。

航天畅想

千载飞天梦断魂，神舟复叩太空门。
航天儿女多奇志，吐气扬眉十亿人。

卜算子·贺神舟飞船载人成功

一箭送神舟，刺破重霄九。千载飞天夙梦圆，高举金樽酒。　遥看一千河，笑傲群星斗，来日巡空挽月时，问尔可知否？

孙增礼

1937 年生，字中则，河北玉田人。新疆师范大学美术系副教授，已退休；现为新疆城市雕塑管理委员会成员、新疆诗词学会顾问。

罗布村南郊掠景

溪净一湾水，沙明两道梁。
平畴杨树绿，低阜骆驼黄。
茜袖过桥索，霜髯坐木廊。
谁能收此卷，携去展他乡？

穿越塔里木

检点诗囊与药囊，携笻去逛死生场。
风如鬼啸吹辽宇，木似魈形舞大荒。
载客方车飞苦渡，采油小栈降慈航。
茫茫沙漠天头尽，短草青粘碧水乡。

夜宿白哈巴军营某部，山中晨起野望

山中睡美醒禽音，晓日熹微吐远岑。
图瓦人家木屋静，抹金桦杪岫云深。
溪流溅雪无提汲，石径盘崖好啸吟。
沉醉风光如老酿，不知霜气上衣襟。

戊辰端午，余在和静为土尔扈特部首领渥巴锡汗塑像毕，吟诗以奠

伏尔加河响冻雷，悲风猎猎刃交辉。
西辞漫野驱羊徙，东向升阳序雁归[①]。
路血已随春草没，颂歌犹逐夏云飞。
锡汗塑毕逢端午，酹酒题诗祝国威。

【注】

① 土尔扈特的口号是：“我们的子孙绝不做奴隶！”“朝着太阳升起的地方，向东，再向东！”

己巳立秋后一日登惠远钟鼓楼，怀林则徐、邓廷桢、左宗棠诸爱国前贤

戍楼插斗镇边陲，难挽清朝国势危。
虎垒烟销翻北谪，龙沙柳系止西飞。
宣威钟鼓频鸣恨，蚀土山河久铸悲。
渺渺予怀二三子，凭栏无语对斜晖。

红山春日漫兴

林花望雨未纷开，亭阁招人络绎来。
共赏寒峰明积雪，谁忧灼漠卷飞埃？
彭工竟殉楼兰址[①]，周辇不回王母台。
欲写青词乞东主，全疆绿遍此山栽。

【注】

① 彭加木同志带队考察楼兰地区时失踪殉职。

连山庙观圮无堆，春草青青没断碑。
纵使佛尊能庇佑，终须志士尽施为。
十年树木堪贻后，百代培人复靠谁？
童稚学商丁不识，高声叫卖走山陲。

浩然正气挺山梁，杨柳风扬旧垒旁。
怒炮惊亡阿古柏，临风忽忆左宗棠。
江山永固千秋愿，民汉相亲万业昌。
屯垦三湘留子弟，米泉鱼藕稻花香。

西极由来多烈风，悲歌慷慨古今同。
苦寒天马奔驰健，莽荡关河气象雄。
登险方知山石瘦，争春不碍杏花红。
凭高远望思潮涌，吟励群英继凿空。

沁园春·游金山喀纳斯湖

喀纳斯湖，四海风传，可不看欤？有漫山金桦，溶冰玉鉴；堆盘佳脍，掣电飞车。正好狂吟，未须弹铗，千里来寻兴致愉。偕诗侣，访神仙灵境，月亮清区。　　危崖耸入青虚。踏石磴千层步履徐。笑康强老友，若翔白鹤；幽寒深涧，固匿红鱼。我自悠然，拾阶细览，画卷争迎望眼舒。凌峰顶，发一声长啸，回荡天衢。

鹧鸪天·天池道中

夏日往寻王母乡，翠青玉白错金黄。垄间镰影逢收麦，云里鞭声恰牧羊。　峰乍雨，路回阳，清风一霎送新凉。纷纷蛱蝶穿山路，乱入花丛也自忙。　细草如茵缀野花，炊烟袅袅倚风斜。翁来柳下拴鞍马，妇在溪头煮奶茶。　东烤肉，北分瓜，三三两两牧人家。刚过古尔邦佳节，欢奏雄浑冬不拉。　逐水而居不畏遥，风光占断羡天骄。飞泉挂壁天然画，老树横溪自是桥。　青草地，白毡包，羊群移动塞云飘。若非怜惜珍禽少，马背弯弓可射雕。　图画难描景色奇，风情如画愈心迷。李公麟马停嘶岸，徐庶之牛涉饮溪[①]。　山果熟，乱莺啼，谁家隔水晾红衣。一川明丽有如此，不唱阴山见草低。

【注】

① 徐庶之，著名画家，赵望云弟子。新疆画院院长。

八骏云车去不回，高山流水峡鸣雷。讴歌断续非黄竹，雪流奔腾是白醅。　波渺渺，霭霏霏，闲云来去簇成堆。群娥已老轩窗烂，留个空池复望谁。　大宴仙台巨石孤，鸾铃鹤唳降临无？莲花夏放拱琼顶，星斗晨眠满碧湖。　频怅望，总殊途，安排市酒与田蔬。此中山水有真意，呼侣何妨饮一壶。

贠开义

1926-2010年，陕西泾阳人。新疆维吾尔自治区党委统战部离休干部，现为新疆老年书画协会、新疆诗词学会会员。

读百谷先生《馀生断草集》

一卷宏辞历劫馀，杜鹃啼血化玑珠。
空怀报国才何用，话到筹边愿亦虚。
戈壁曾磨三尺剑，穹庐爱读五车书。
廿年风雨谁堪忆，白首思君共短吁。

赴新疆途中

黄水绕祁连，青镶万仞山。
孤城追碧野，夜过玉门关。

乌市雪后街头即景

昨夜春风至，边城秀色加。
琼楼添异彩，玉树绽梨花。
万户银鳞动，千条金线斜。
西陲天地阔，处处灿朝霞。

四月雪

塞垣四月雪纷纷，料峭春寒正十分。
夜梦琼花开万树，依稀莺语枕边闻。

赠吕毅先生

苍茫踯躅行千里，默默耕耘三十秋。
锦瑟年华供啸傲，弦歌事业自风流。
侵来风雨神偏旺，阅尽星霜气益遒。
知命及今逢伯乐，喜看古道骋骅骝。

赠萧飒丽妮两同志

豪情九斗走天涯，一纸杂文竟作枷。
从此穷荒长负锸，相将瀚海永为家。
风霜着意欺衰鬓，苗圃精心护嫩芽。
且喜春风重披拂，成林桃李庆年华。

牟国志

1955 年生，重庆江北人。曾任《石河子报》副刊编辑，现在广东《惠州晚报》工作。新疆诗词学会、石河子诗词学会会员。

故园小令　四首

（一）

薄暮微岚动柳烟，熏风飒飒动新莲。
推窗始觉春光好，一片蛙声到耳边。

（二）

古镇临江卧凤滩，当街酒肆醉缠绵。
炎炎五月龙舟会，栀子开花粽子鲜。

（三）

老树泥墙藤蔓牵，橘红如火遍山燃。
谁家新酿馨香远，满地清辉月正圆。

（四）

农家岁末乐陶然，狮子龙灯戏彩船。
腊肉悬梁瓮盛酒，纷纷瑞雪兆丰年。

丝路抒情

古道西风白草衰，颓垣废冢漫苍苔。
沉沉一线骆驼泪，杳杳千丘贾旅哀。
幸有前驱开棘路，方欣后嗣上琼台。
而今铁鸟通欧亚，梦里犹闻驼队来。

南山吟

莺歌一路上南山，草似清波车似船。
花色温馨入胸臆，风声澎湃荡心弦。
攀高顿觉苍穹阔，举步方知棘路难。
满岭松涛闻海啸，遥天极目看鹰旋。

纪昌盛

1948年生，湖北武汉人。新疆生产建设兵团农七师党委办公室调研员。中华诗词学会会员、新疆诗词学会常务理事、兵团诗联家协会副主席、奎屯诗词学会会长，著有《塞北春秋》。

八声甘州·西域抒怀

正千红万紫满天山，异香绕瑶池。待重游紫塞，楼兰寻古，醉卧龟兹。回首荒凉昔日，老树犹参差。夜宿穹庐帐，旧梦神驰。

际会八方风雨，挟慈航甘露，杨柳新枝。化地灵人杰，滋润万年芝。一挥间，星移斗转，彩虹飞，大漠展英姿。且看我，举杯邀月，马背敲诗！

贺新郎·支边感赋

踏破天山雪，正英姿、少年气盛，志承先烈。犹记当年从军曲，万里晴空唱彻。更伴我、轻车飞跃。恰是雏鹰争比翼。叱风云、战士丹心热。边塞好，情真切。　天涯重见家乡月。问征人、桑乡紫塞，孰能分别？寄语家乡诸父老，共享此时欢悦。且莫要、长思圆缺。应庆儿郎多壮举，献平生、为铸千秋业。挥彩笔，写新页。

六州歌头·奎屯

天涯万里，紫塞最风流。情如织，心如雁，信天游。欲登楼。追想当年事，张公绩，李公业，左公愿，林公志，王公谋①。多少英雄，汗洒天山下，彪炳千秋。纵远山不画，胜境亦清幽。碧血丹心，美名留。　　喜阳关外，明珠闪，新潮涌，弄潮头。经济策，蓝图美，赞宏遒。庆时休！举酒呼朋饮，人佳境，乐悠悠。群英会，财物聚，百花稠。天地人和占尽，丝绸路又起歌讴。更长龙电掣，欧亚彩桥修，四海同俦。

【注】

① 词中五公系指汉博望侯张骞、唐行军总管李靖、清钦差大臣左宗棠、民族英雄林则徐、共和国王震将军。

凤凰台上忆吹箫·霞

蜂翅拖香，蝶衣沾粉，草魂绿染窗纱。挂倩阳楼角，茜影帘斜。屈指穿梭月月，春乍到、飞进谁家？山河醉，都成锦绣，美夺奇葩。　　韶华，翠浓璀璨，豪气壮边关，情在天涯。看舞摇金扇，歌和琵琶。正是英年浅笑，心炽热，脸艳朝霞。朝霞里，东风煦吹，满处桃花。

春从天上来·十月

万里尘游，看脚底燕云，膝上吴钩。等闲赢得、凯唱城楼。犹忆昔日风流，慨玄黄龙血，染遍了锦绣神州。吊河山，数英雄几辈，功业千秋。　　开怀举杯痛饮，喜改革新潮，声震环球。蹀躞花前，缠绵灯下，笑谈岁月堪稠。把天涯芳草、和欢乐，洗尽烟愁。寸丝柔，伴跃腾天马，捷报前头。

春风袅娜·春忆

正春风人梦，瑞雪牵情。看紫塞、赋新声。问天山头白，沧桑阅尽，天涯万里，可见龙腾？莽莽黄沙，英雄驻马，挥手绿洲雨初晴。愿教三江五湖水，尽随人意洒边庭。　　漫舞醉歌瑶池，芙蓉作伴，樽前笑，犹自香凝。云霄下，草青青。星霜几度，复见昌明。催马扬鞭，风华不减，蓝天远处，情寄苍鹰。邀月传杯，笑心无愧憾，昭昭日月，磊磊胸襟。

画堂春·龙塞花朝

春风春汛赶春潮，人间处处琼瑶。百花争艳尽娇娆，香雪飘飘。　　莽莽天山林海，茫茫龙塞云涛。携君同上绿杨桥，共赴花朝。

东风第一枝·少年游

雪满天山，魂飘古道，当年纵马龙塞。笑敲冷月轻吟，喜燃艳阳细脍。边陲玉女，披新绿，重梳螺黛。有功业名载丹书，龙凤绣飞华盖。　　风暖暖，严冬又去，意浓浓，壮心不改。雪莲怒放天涯，宝丹沸鸣鼎鼎，留春永驻，心画里，流光溢彩。是邀花痛饮情怀，击磬放歌天籁！

踏莎行·北国早春

燕子飞来，杨花飘去，春归欲觅知何处。几回遣梦往江南，模糊不见长亭路。　　绿捧高楼，红翻细雨，天涯自有东风驻。边关三月正风流，一声天籁开新序！

渔家傲·军垦史赞

汉武当年豪气翥，屯田征战开边土。华夏文明天下慕。丝绸路，琵琶羌笛胡旋舞。　斗转星移天地曙，天山戈壁丹心谱。大漠绿洲犁剑铸。娜嬛处，英雄史册无重数。

远　航

1928-1995年，河北任丘人。曾在新疆生产建设兵团工作。新疆诗词学会理事。

登铁门关

危崖深锁铁门开，结伴登临亦快哉。
指点层楼林立处，诸君尽是拓边才！

咏伊犁马

大漠驰驱身矫健，风霜漂染色斑斓。
骁腾所向真无敌，万里征途未解鞍。

洞中瀑布

细雨飘无定，惊雷殷有声。
飞泉落洞涧，缥缈觉身轻。

晚　宴

椰林景色美南州，书画因缘得胜游。
香草青苔佳味宴，一樽风雨傣家楼。

黄果树大瀑布

借得青溟万丈泉，素纱百束挂蓝天。
忽闻震耳风雷吼，溅玉飞琼欲化烟。

游郑和公园

七下西洋亿昔年，名垂史册万人传。
而今海禁重开启，话到先生一凛然。

严承鑫

1933 年生，江苏沛县人。新疆呼图壁县农六师 105 团农工。新疆诗词学会会员。

学　书

古稀常惜日如金，捉管修笺字用心。
腕转陈玄朝旧砚，指描玉版对新临。
松烟景色留蛇迹，龙剂香氛作凤吟。
七岁孙儿含窃笑，爷爷额上汗涔涔。

呼图壁五行园

菊花沁润似黄金，树木葱茏见茂林。
流水潺潺滋万物，炊烟袅袅荡千寻。
农桑应事勤耕地，弦乐还须善扶琴。
得尽人间千百瑞，五行生克化甘霖。

严待继

1925年生，甘肃甘谷人。自治区人大离休干部。中华诗词学会、新疆诗词学会会员，著有《边草青青》诗集。

观呼图壁县康家石门岩画

天山嵯峨出九天，导来银河地上悬。
雀沟盘溪沥青路，白杨排阀好景观。
中山横卧峻岭赤，流光飞彩碧澜间。
云岫空灵禀奇气，悬崖欲倾猿畏攀。
鸟瞰峰峰都殊异，幻化物象惊大千。
一峰脚下留岩画，古代信息妙笔传。
刻线雄浑复流畅，几何图案构女男。
神态生动呼欲出，舞姿齐一富内涵。
初观主旨近粗鄙，深思意义却庄严。
想彼先民祈天佑，歌舞罗拜灵坎南。
猛兽见出没，狩猎岁月知维艰。
族际时争斗，死生立往还。
蕃衍兴旺祀双马，崇拜生殖本自然。
呜呼！文明道路血肉筑，敢将古人话愚贤？
来朝今人成过往，多少神圣事，又当荒诞看。
历史长河万溪汇，浪花一朵露真颜。
幼稚自有纯真处，微笑常含泪斑斑。
观此人汗漫，思绪万千端。
毕生大半天山住，深愧未能识天山。
野别花无语，车落峰自关。

回首天地合草烟。
高处云杉浑似海，几分澎湃，
几分悠闲，郁郁苍苍越千年。

即 兴

大漠金秋入万家，麦田又吐嫩针芽。
风刀霜剑砥明月，莫负重阳照菊花。
寒潮载雨洒西东，四望飞来白玉峰。
好个天公奇妙手，层层叠叠植芙蓉。

赋 闲

汉塞唐营草接空，西州歌酒戍旗风。
人青人老长沙外，燕去燕来微雨中。
家国惊烽隆聚首，友邻高会贵沟通。
多情最是天山月，又作银锄又作弓。
白眉惹笑小儿郎，乐得舒心减老苍。
榆子飞金洒西域，榴花燃火报端阳。
晴开碧树冰山冏，月拢琼楼河汉长。
邻曲常来说闲话，九州醇厚数新疆。
芒种庭州日正迟，瑶池歌酒盛游时。
山花浥露苍鹰起，草甸流晴彩蝶飞。
马背吟风孤壮志，羊肠觅故负先期。
老心冀可托登月，环视丸球审斗棋。

心底长城在日边，沙风石雨惯常看，
驼铃古意浸霜月，篝火新吟峙雪山。
丛树为开秋望远，片云莫妒老来闲。
轮台醉卧黄花笑，笛领潮声过界关。

消夏赛里木湖

烟水迷茫林草花，高山湖泊牧人家。
天风鼓浪沉边日，母畜呼儿归晚霞。
行到穹隆出世界，竟教老朽忘年华。
冰心细听朦胧月，荡气回肠客共嗟。
悬珠名傍王峰生，东望天池一日程。
月涌波摇家国梦，野餐夜话戍屯情。
草香满枕堪酣卧，露冷沾衣忌早行。
豪兴合由民俗发，斗歌赌酒下伊城。

如梦令·神奇喀纳斯湖

世外碧波千顷，面面松山辉映。到此不虚行，信胜琼瑶仙境。登艇，登艇，飞入天光云影。

卜算子·前题

明月尚天中，露重晨殊静。喀纳斯湖薄雾升，缥缈轻纱影。　　湖口浪如花，流碧无人省。只有苍松肯用心，伫听山吟咏。

江城子·怀王震将军二阕

将军风咏下西州，急民忧，战荒坵。南北天山，百万戍田畴。怒决浮云三尺剑，亲刺虎，定金瓯。　　老兵重作昔年游，稻香洲，月明楼。绮野虹桥，谈笑庆丰收。塔准二盆容量小，盛不下，这多秋。　　将军归漠驭龙游，雪光流，久云浮。十万旌旗，肝胆共千秋。碛野胡杨曾系马，亲部众，荷锄头。　　石河人傲一犁遒，北湖舟，荡悠悠。王母神泉，麾下按图收。圈定鲤波噙潋滟，轻照水，下凫鸥。

严赓雪

1910-2004年，江苏吴江人。新疆农业大学林学系教授。新疆诗词学会顾问，著有《新疆林业》等。

八农行

为庆祝八一农学院建校四十周年而作

新疆既解放，军农制斯创。
八农应运生，弦歌边城唱。
宫商角徵羽，农牧林机水。
五音交响奏，歌手尽战士。
指挥有良将，志坚如岳峙。
荒漠变良田，戈壁建新市。
五载见初功，教学纳正轨。
十载衔枚进，何期一旦毁！
狂飙自天降，披靡摧百卉。
文化首当冲，先生半牛鬼！
浊浪势滔天，寄身托一苇。
巍峨黉舍内，幸免能有几？
离校下放去，去去无一语。
学子上管改，不学断机杼。
惊蛰一声雷，白骨付劫灰。
拨乱与反正，桃李旧地栽。

声清吐雏凤，老蚌育新胎。
又是十五年，再度起楼台。
往事历历追，白首话兴衰。
辛勤四十年，康庄百岁期。

迎 春

消寒重九尽，苒苒物华生。
日丽云晶淡，雨丝风片轻。
桑榆呈绿意，童稚试新筝。
岭上梅花绽，田间麦蘖萌。
惊雷醒蛰伏，叱犊事春耕。
祖国宫商变，少阳节序更。
迎春迎改革，易服易阴晴。
伫看天山雪，年年岁岁赓。

谢陈雅初兄赐赠墨兰及篆书

忆余舞勺年，春风共君沐。
近挹九里波[①]，竞唱千寻木[②]。
羡君自元元，少有神童目。
愧我非了了，晨昏惟伴读。
三载同砚席，深造各奔逐。
君也汲古秘，名师延家塾。
而我沪杭游，风尘徒仆仆。
君也叙天伦，永安有新屋。

而我屡浮沉，骨相匪食肉。
所以天地变，留得此躯壳。
岂有蓬莱志，出塞歌不哭。
忽忽卅二年，天山桃李育。
老去遇渐亨，快睹故人牍。
画撇同心兰，书篆长寿轴。
似此饱学士，奈何长隐伏？
会当什袭藏，情比珠十斛。
临风致谢忱，华封同三祝。

【注】

① 校址在呈硝基同里镇九里湖畔。

② 校歌首句为“千寻木始于苗”，乃吴江诗人金松岑所作也。

七旬咏

七十年中七局棋，每争一劫辄迷离。
雄心退尽名心减，犹有童心索好奇。

登天山泛舟天池戏笔

天籁有声百鸟鸣，冰封绝顶倍晶莹。
游踪飘向丝绸道，雪压莲峰岁岁馨。
庆云冉冉水淙淙，疑是星槎上九重。
俯瞰流沙三百万，天池水底潜蛟龙。

题钱太初兄所赠新影

我与君家共得春，衡门泌水对江邻。
一从炮火声中别，顿使乡关梦里亲。
待续旧交人耄耋，欣看新影足精神。
心香一瓣华封祝，互晋期颐话夙因。

改诗有感

成诗容易改诗难，一字难敲精力殚。
背后要经众人议，眼前须得寸心安。
璞中藏玉慎毋失，沙里淘金仔细看。
意境不同时代异，宏观之外又微观。

苏振民

1931-1995 年，陕西商县人。新疆生产建设兵团农八师一四二团政策研究室原主任。新疆诗词学会会员。

致潘力生先生　二首

（一）

墨宝传神韵，诗联远俗尘。
湖山凭点缀，风雨念斯人。

（二）

燕剪清明雨，莺歌花信风。
故园春正好，天际望归鸿。

兵谏亭怀远

两岸春风催草绿，一轮明月照人还。
归帆远影碧波里，故国河山带笑看。

离休吟

老来解甲一身轻，早赏朝霞晚看星。
阅报读书增智慧，吟诗作画促文明。
儿孙绕膝谈天地，故友团圆话古今。
屯垦戍边三十载，心安意快乐余生。

巫信富

1939年生，广西象州人。克拉玛依市电视大学退休职工。新疆诗词学会会员。

初秋游克拉玛依拓湖

轻烟薄雾掩重楼，草茂花繁宿雨收。
滴翠亭边听鸟语，卧虹桥下看鱼游。
蓝天碧浪垂杨岸，绿女红男舴艋舟。
更爱临湖山上望，迷人水墨画图秋。

阔别重逢,赠朱袭文

江南塞北两回逢，前是青年后是翁。
片纸官书交厄运，满腔忧愤托孤鸿。
风云变幻阴晴共，身世浮沉甘苦通。
历劫归来偏一笑，悠然扶醉过村东。

亡妻十年祭

仙凡音讯两茫茫，又寄哀思一炷香。
卅载恩情铭肺腑，千行涕泪湿襟裳。
白头偕老言犹记，黄土孤坟草已长。
弃我衰龄君竟去，何人更问暖和凉。

八声甘州·再游克拉玛依西郊水库

爱春风拂柳碧波柔，山色接天浮。更亭台廊榭，曲栏花径，紫媚红羞。邀得诗朋韵友，结伴踏青游。缥缈烟霞里，犁浪飞舟。　　谁信眼前佳境，是黄沙乱石，昔日西沟。赖屠龙胆略，引水展宏猷。几经秋，山河再造，喜今朝，后俊竞风流。频呼酒，海湾楼上，共举吟瓯。

八声甘州·登克拉玛依钟楼

趁良辰奋力一登楼，四野豁吟眸。看长街十里，马龙车水，纵贯横流。满眼花团锦簇，烟柳远平畴。更喜清河水，波荡兰舟。　　对此新城美景，感沧桑巨变，思绪难收。忆当年才俊，漠海探原油。创人间、辉煌业绩，励吾侪，接力展宏猷。凭栏赴，蘸凌云笔，续写春秋。

八声甘州·游成都杜甫草堂

仰高贤结伴谒名园，幽径觅前尘。自杜翁题后，竹生劲节，柏耸贞魂。花草也钟灵秀，亭畔溢芳芬。隔叶黄鹂唱，频送清音。　　万里悲秋作客，叹公逢战乱，茅屋栖身。感年荒时难，忧国更哀民。越千年，诗魂永驻，继吟踪，我辈复登临。花溪外，矗连云厦，更待公吟。

临江仙·游克拉玛依西郊水库

堤畔清风梳嫩柳，春波澄澈轻柔。凭栏闲看锦鳞游。远山衔落照，天际彩云悠。　　欲驾兰舟捞往事，苇丛惊起眠鸥。浪花淘尽昔年愁。旱魔何处去？水葬大沙沟。

临江仙·库尔勒市赏梨花

疑入岑参诗境里，满园香雪连天。淡妆素面亦堪怜。冰魂尘不染，丽质出天然。　　为报东君无限爱，香甜奉献人间。轻舒缟袂舞风前。悠悠羌笛邈，词客自流连。

李　戈

1956年生，湖南湘潭人。新疆康达集团物业服务有限公司总经办公室主任，经济师。世界汉诗协会、新疆诗词学会会员。

卜算子·咏怀

守约十余年，不负相思债。纵使心中恨常留，毕竟曾经爱。　　辗转难成寐，缘分谁能解？皆道有情成眷属，总被情缘害。

江城子·南郊一聚

湘江河畔正深秋。水悠悠，少人游。漫步南郊，心静景清幽。辗转十七年相聚，今有意，叙离愁。　　匆匆时短语难收。笑声休，泪常流。相守无期，知己永难求。但愿此生能再见，风嗖嗖，早白头。

西江月·思亲人

三月春风扑面，故园梦里魂牵。蒙蒙细雨觉身寒，不见亲人鱼雁。　　多少苦思长夜，谁知创业艰难。一时音讯断难连，只恐久生恨怨。

江城子·赠友人

羡君自幼志恢弘。阔心胸。乐其中。洞庭辞别，西部建新功。四海为家男子汉，一人苦，万花红。　　边陲春色意方浓。兴无穷。望长空。犹记当年，灯下诉情衷。热血青春边地献，生不悔，气如虹。

雨中花慢·矿难

雾暗云低，万家痛哭，灾难接二连三。昨日才下井，今日无还。生命这般践踏，谈何律法森严！设施多简陋，只顾来钱，哪管安全！　　从南到北，悲剧频演，岂知更有难堪。怎奈是、千金难买，人命如天。反腐任重道远，万呼重视安全。尸灰未冷，警钟常响，满目苍然。

李　汛

1941 年生，陕西兴平人。长期在新疆巴楚县工作，曾任常务副县长、县委副书记，后调至自治区水利厅，任克孜尔水库管理局原党委副书记。现为中华诗词学会会员、新疆诗词学会副会长兼秘书长，著有《闲吟诗草》。

库车克孜尔尕哈烽燧

古燧临水立，值守未穷期。
只恐妖氛起，烽烟再点时。

游伊犁库尔德宁

遣兴寻幽静，清心库德宁。
冰河消俗韵，翠羽合新声。
登岭林中没，扬鞭草野横。
英雄台上去，把酒会苍鹰。

克孜尔水库冬咏

北国冬来早，秋河十里冰。
渔舟悬渡口，雪岭断涛声。
野旷胸襟远，流潜库角平。
画图何处是，落日挂山亭。

西行伊犁途中

绿毯天边随意铺，车如甲壳走还无。
浮云巧作丹青手，时染峰巅入画图。

芦　苇

不再墙头曳此躯，扎根大漠任荣枯。
风吹草色连天碧，雪絮飞来入看无。

春耕小曲

扬花落尽杏花开，大地鞭声惊梦回。
深巷无人闻犬吠，银锄高挂月光归。

小　憩

日暮幽窗三两明，绿荫小院晚风轻。
高楼隔断喧嚣去，静坐桥头听水声。

游苏巴什古城[1]

叩垣抚壁觅禅踪，唐汉繁华未土封。
昭怙寺边咆哮水，犹闻击鼓荡晨钟。

【注】

① 苏巴什古城在新疆库车城北库车河出山处，为汉昭怙厘大寺遗迹，始建于东汉，盛于隋唐。

雅玛里克山消夏歌舞晚会

仙乐飘飘夜幕开，雅山歌舞入情怀。
微风拂面凉初透，人在星空作客来。

赶　路

走出乡间路一条，涉河踩石健吾曹。
清分左右沟连坎，明辨东西草混苗。
雨雾难遮抬望眼，关峰轻取罢回腰。
耳旁角鼓催春近，三步攀登致富桥。

乙酉重阳雨中登红山

虎头久慕欲登高，风雨重阳意更豪。
健步拾级霜叶冷，舒心放目雪峰遥。
雾重楼阁时浓淡，云拥雅山递涨消。
何故塔身颜色变，擒魔鏖战湿襟袍。

念奴娇·新疆

翻天覆地，换星斗，一改江山风物。银冠霞裳浮翡翠，日影羌河沉璧。杨柳排空，红楼玉瓦，棉亩纷如雪。一枝沙枣，迎来多少豪杰。　　回首四九年间，神州破晓，铁马西天发。所向披靡鞭指处，恰是西风落叶。屯垦开荒，楼船播种，再创丰功业。千章青史，平添丝路春色。

永遇乐·喀什春晓

疏雨知时，依稀洒落，楼树深处。半卷珠帘，阳台晓景，洗尽枝头土。东湖翠柳，低空紫燕，惹得路人频顾。问东君，西园粉杏，绽开闹意多否？　　天旋地转，韶华流逝，总让佳期耽误。二十三年，恍如昨日，龟步征途路。几回流水，冲淘手足，还是当年风骨。抬望眼，云收雾霁，东方已曙。

永遇乐·故地巴楚胡杨文化艺术节柬邀未赴感念系之

时值中秋，胡杨盛会，遥念巴楚。块块流金，条条滴翠，点点纷银絮。政清人和，通衢货畅，招引凤梧巢筑。正如今，扬鞭策马，乘风万里鹏举。　　望中犹记，水咸田瘦，休问粮棉几许。结地盐华，绕膝路土，最怕经风雨。宵衣旰食，骥骐亢厉，拼搏十年志趣。应无悔，功耶过耶，随人说去。

水调歌头·635工程感赋

喝断斋桑水，随我向南流。直教戈壁生绿，万井保丰收。开发一山南北，探取两盆诸宝，彩笔绘春秋。筑就康庄路，水调展歌喉。　　人间事，无成则，任筹谋。遵崇物理，弹指能有几多愁。古设荆川截堵，今立西江石壁，世代解民忧。天下无难事，壮志固金瓯。

高阳台·边疆秋感

柽柳飘红，芦花散雪，西疆又是新秋。草枯鹰飞，川原遍布羊牛。金风吹送三秋讯，塞云开、稻菽丰收。更城乡、各业兴隆，万户无忧。　　抒怀直上昆仑去，借嘉州健笔，太白歌讴。二十年间，吟俦挥斥方遒。鲰生不作诗人梦，沐清风、踏遍芳州。盼人间、百族和谐，销尽吴钩。

高阳台·丁亥春节回西安有感

携雪怀沙，跋山度水，来瞻故里长安。钟鼓城池，风姿不减当年。汉唐胜迹今犹在，引游踪、接睡摩肩。正三秦，凤翥咸阳，马跃蓝关。　　峥嵘岁月长相忆，尽书生意气，草莽言谈。走出黉楼，始知地厚天宽。而今前度刘朗老，把霜丝、付与诗坛。算乡情，一半关中，一半天山。

李 渡

1934-2011年，新疆奇台人。《奇台县志》副主编。中国楹联协会事理、新疆诗词学会会员、乌鲁木齐诗联家协会名誉理事。

题水磨沟公园坎坷路

路经坎坷欲登高，踏遍云梯志未消。
万仞巅峰超不过，古今谁与论英豪。

乌拉斯台边防哨卡写意

边关万里静烽烟，飞鸟轻轻绕树还。
战士荷戈陪冷月，戍楼头上不思眠。

边城新貌

五秩期龄览玉颜，风光迥不似从前。
博峰晓雾横骄影，乌水长虹卷巨澜。
十里玫瑰香闹市，千重大厦映边关。
喜迎佳节同携手，世纪新图色欲燃。

古城新景一瞥

奇台今日画图雄，岂自神工鬼斧中。
坦道穿通通远域，崇楼耸立立群峰。
一根硅木擎天宇，两具龙标挂彩虹。
更向南屏高处看，沁园春意独兴隆。

一剪梅·游边城咏雪梅

万树新瑶坠冷枝，漫漫华章，落落风姿。剑君趁就索梅词，笔走匆匆，墨洒依依。　　曾叹孤微马齿稀，醉不挑灯，醒不闻鸡。幸由花鸟识天机，已与冬交，更把春期。

南歌子·乌鲁木齐红山观光感赋

放眼红山顶，抒怀白露秋。花如胭海客如流，四处招商彩带挂楼头。　　圆却千年梦，携同百侣游。关山挥辔莫停留，各自壶浆荡荡趁歌喉。

李　富

1922-1996 年，甘肃临夏人。乌鲁木齐市政协委员。乌鲁木齐诗联家协会、新疆诗词学会会员。

赠　友

喜读床头万卷书，咬文嚼字意何如？
平生不负先贤教，倚马千言亦丈夫。

放　歌

蔗甜茶苦人间味，波谲云翻世上情。
太息百年如逝水，深宵独自放歌行。

李 潄

1927年生，河南商水人。新疆生产建设兵团教育工作者，已离休。中华诗词学会、新疆诗词学会会员，奎屯诗词学会理事。

林中漫步

日影碎如苔，清风扑面来。
林深无鸟语，第见紫烟开。

夜灌冬麦地

塞外春声晚，清明听鸟音。
风停云覆地，燕掠柳摇金。
日照觉心暖，冰消惊草深。
夜巡冬麦地，渠水正调琴。

晚秋晨练

秋深宜练早，勿待曙光升。
绿树浮霜薄，灰坪积水冰。
人声墙外道，剑影路边灯。
舞罢精神爽，归来热气蒸。

自题红苋菜图

邻家几树雁来红，老干如松叶似枫。
坐惜边秋花影少，高挥火炬向寒风。

和游园步原韵

老树西风日未斜，公园处处听喧哗。
深情还是湖边苇，不让枫红争放花。

准噶尔盆地春分

毕竟阳春二月中，寒流过去又东风。
半湮残雪融清水，一碧长空唳阵鸿。
小团坡前寻露草，雏鸡屋后啄藏虫。
山头白帽天天小，转眼春分细雨濛。

李文汉

1930年生，河南省固始人。已离休，现任库尔勒市老年大学常务副校长。新疆诗词学会理事，出版有《夕照书画诗词》集。

葡　萄

绿叶张华盖，青枝挂玉珠。
庭前成翠海，美味酒中殊。

赛里木湖即景

绿毯卧牛羊，悬湖泛碧光。
山高云雾暗，水阔艇舟藏。
赛马追风急，叼羊奋臂狂。
边城富灵壤，白帐酒歌香。

西海阿洪口即景

水道通幽境，兼葭翠帐华。
芙蓉迎客舞，游艇载歌哗。
雪白天山美，鱼红瀚海葩。
绿荫铺百里，芦荡有人家。

游博斯腾湖

为爱博湖美，留连日落西。
蓁蓁红柳茂，莽莽绿芦低。
水阔鱼摇尾，沙平马奋蹄。
烟波帆影远，嬉戏返途迷。

奶 酒

龟兹奶酒醉人香，玉碗清波琥珀光。
载舞主人勤劝客，边疆处处胜家乡。

赞胡杨

长寿三千万树翁，深居大漠比青松。
沙龙俯首遮风暴，百里塔河春意浓。

重阳节登高

胡杨柽柳染金黄，阵阵秋风送异香。
跃上龙山放声唱，高擎菊酒醉重阳。

赞梨城

北乌南库蓝图美，恰似霓虹映绮霞。
从此梨城添异彩，明珠丝路绽新葩。

铁门关

天山白雪映边城，古道丝绸四海名。
公主岭前朝露淡，戍楼檐下夕阳明。
铁关道道虹桥险，孔水涓涓白练平。
西往东来商旅客，赋诗唱曲染丹青。

题赠渤海教导旅进疆五十周年

渤海西征出玉关，军旗染血志犹坚。
天山跃马穿冰岭，大漠安营战碱滩。
抡镐肩枪斗干旱，披荆斩棘播春天。
春秋五十惊弹指，大漠茫茫稻浪翻。

忆秦娥

边风烈，阳关西出潇湘别。潇湘别，春秋五十，鬓须如雪。　　楚江岳麓金兰结，情系楼兰心如铁。心如铁，高山流水，晚风明月。

江城子·春望

铁关放眼尽春光，杏桃芳，蜜蜂忙。似雪梨花，片片碧空扬。牧女挥鞭山谷响，云朵荡，过群羊。　　戍楼今日换新装。古疆场，早销亡。银线连绵，西域日辉煌。万里边关钢铁铸，团结紧，御天狼。

李文德

1957 年生，新疆奇台人。神华新疆能源有限责任公司政工师。新疆诗词学会会员、乌鲁木齐诗词楹联家协会理事。

巴克图国门

隔界犬声近可闻，炊烟缭绕似乡村。
秋风横扫天犹冷，红日高悬地尚温。
背后苍生同世界，怀前碑柱异乾坤。
两行雁阵青山外，不问人间设此门。

咏天山

苍松傲耸乱云间，曜日冰光玉宇寒。
峻岭横穿滋漠北，雪峰立挂润疆南。
清泉掠影三秋地，绝壁含晖七彩天。
暴雨狂风催不老，青山万世古今连。

白杨沟

蒙古毡房喜气洋，酥油酸奶味飘香。
溪边恋侣贪幽静，马上姑娘追渺茫。
银汉今从崖顶挂，云烟长在壑中藏。
密林环抱山庄处，一笛清音落四方。

五彩城

大漠含烟五彩蒸，面当远古幻觉生。
神湾广纳千秋火，宝库独享万壑风。
融会谁能称巨匠？贯通我最谢天公。
云横八表余晖染，宛若身临画景中。

甘沟吟

女侠十二闹甘沟，一路歌声笑语稠。
哪管林深除寂寞，岂容谷险废清幽？
青山未老人常在，壮志难酬舞不休。
情满朦胧秋色里，汗流忘却是风流！

喀纳斯

六道湾中巨镜悬，岸边红桦叶如燃。
峰头日上山犹绿，谷底云开水更蓝。
绝顶登攀观胜景，林间小憩梦桃源。
漂流荡起千重浪，不醉神仙醉酒仙。

李书卷

1933 年生，河北深州人。新疆生产建设兵团原副政委，离休后任兵团毛泽东屯垦思想研究会会长、兵团诗词楹联家协会名誉主席、中华诗词学会顾问。

建筑兵之歌

万丈高楼耸碧空，阳关西出建头功。
一砖一瓦冲霄起，摩天大厦胜烟囱。
五颜六色巧梳妆，赶日追星昼夜忙。
今日边城容貌改，全凭战士绘春光。
机声扎扎雨霏霏，灯火通宵映月辉。
盏盏明灯来作伴，施工进度快如飞。
敢把工场作战场，轻挥巨臂抹灰忙。
今朝再打墙边过，鼻底犹闻热汗香。
昨夜空中吐火花，宛如仙女散流霞。
凌晨日出云开后，一座新城望眼遮。

痛悼老战友南文英同志

满腔热血颂兵团，战斗一生为戍边。
病魔无情夺战友，忠心历历照人间。

跃马扬鞭赴新程

人间美玉壮昆仑，史册名标建筑兵。
大道通天连海外，高楼拔地入青冥。
成边伟业归前辈，开拓丰功待后英。
宿露餐风终不悔，扬鞭跃马赴新程。

李白钰

1937-2006 年，山东郓城人。新疆煤田灭火工程处教师。新疆美术家协会、新疆诗词学会会员。

博格达峰

积雪自荒古，峰高欲接天。
夕阳辉五彩，万象满冰川。

题天山风云图

墨泼千峰暗，泉流万壑开。
天山松影动，滚滚怒涛来。

丝路情

渺渺寒山道，茫茫雪海明。
才翻冰大坂，又向暮云行。
山逐心潮起，云从意外生。
驼铃思古道，玉笛换新声。

江城子·寒夜出巡

寒流怒作雪飞狂，风萧萧，夜茫茫。百里玲珑，万蟒袭琼冈。道路纵横无觅处，天地迫，月藏芒。　　银盔玉铠步铿锵，鬓琳琅，面冰霜。斗志昂扬，何惧刺肤凉。席卷霾霖红日出，巡务急，锦程煌。

李立公

1931 年生，原名李秉公，河南洛阳人。新疆维吾尔自治区供销社工会原副主席，高级政工师；现为新疆诗词学会会员、新疆老干部书画学会会员。

古稀抒怀

古稀矍铄令人欣，盛世高龄更惜阴。
撰对吟诗摅雅兴，挥毫泼墨展精神。
淡看名利时时乐，珍重康强岁岁春。
且喜儿孙多孝顺，夕阳伉俪乐天伦。

重游博斯腾湖

湖光苇色竞斑斓，今日重游兴正酣。
改革春风沐西域，创新时雨洒天山。
水清浪阔千帆秀，云淡秋高百鸟欢。
追昔抚今歌盛世，吟诗把盏乐陶然。

李伏波

1915 年生，湖南长沙人。曾任新疆生产建设兵团司令员陶峙岳将军秘书，离休后侨居美国旧金山南湾。著有《雪鸿吟草》。

与新疆友人游天池

偷闲寻胜地，结伴出边城。
渐与仙源近，喜看溪水清。
峡中天镜落，云外玉笙鸣。
王母知何去？相期野鹤迎。

看花石河子

塞外明珠胜境开，衰年有幸采风来。
千红万紫花争发，都是将军亲自栽。

李仲泽

1923 年生，蒙古族，甘肃临洮人。新疆生产建设兵团石油公司二分公司离休干部，高级经济师；现为新疆诗词学会、兵团诗联家协会会员。

兵团颂

露宿风餐地做床，烹沙炒砾品荒凉。
银锄播下千秋果，铁马耕成万顷桑。
血铸华章人亦老，汗凝艺苑梦犹香。
降天巨匠新图绘，巧绣山川入画廊。

老兵面纹赞

满脸峥嵘岁月稠，弯弯曲曲写春秋。
年华起伏千重浪，世态翻腾万壑沟。
苦辣酸甜长刻记，风霜雨雪永弥留。
一纹一卷军垦史，今日眉开笑白头。

老兵心愿

大漠梳妆五十冬，绿茵植被锁春风。
频添雪发肤生皱，迟钝神衰背已弓。
倥偬年华争梦现，蹉跎岁月画苍穹。
未酬壮志儿孙继，齐步小康再立功。

地窝子

三椽苇草顶开窗，冬日温和夏日凉。
战士欢欣居大屋，将军不愿住单房。
地窝开创千秋业，棚舍策耕万古荒。
昔日老兵今白发，誓将忠骨葬边疆。

观巴州老年大学书画展

满腹经纶意气横，妪翁泼墨鬼神惊。
笔端风雨边疆爱，纸上云烟大漠情。
艳艳冰莲开不败，潺潺雪水有新声。
巴州冬雪蝶蜂舞，好似春风进展厅。

西江月·巴音草原

背倚冰峰雪岭，胸怀草甸河滩。马蹄催响牧童鞭，踏碎欢歌一片。　　昼伴云松溪水，夜陪边月胡天。毡房篝火舞翩跹，风送琴声悠远。

浣溪沙·草原暮景

日落天山响马蹄，牛羊果腹彩云归。小姑骑马渡清溪。　　篝火奶香飘上下，毡房琴韵忽高低。草原晚景着人迷。

李仰山

1943 年生，甘肃武威人。新疆生产建设兵团农八师一四三团退休职工，现为新疆诗词学会、石河子诗词学会会员。

军垦第一犁塑像

天山北麓玛河西，渤海拓荒第一犁。
一首军歌千古唱，翻开沃土化金泥。

春　种

雄鸡啼暖碧纱窗，红杏一枝耀塞疆。
追赶墒情翻沃土，耧犁歌唱播春光。

养蜂之家

碧纱窗外果林深，小鸟登高唱好音。
又见枝头红杏笑，孙儿携我听蜂琴。

望夹江蜂场

苍松翠柏映朝霞，犬吠竹丛护帐纱。
蚕豆花香蜂蝶舞，虹桥倒影戏鱼虾。

天山风光

屹立西疆气势宏，山头四季闪晶莹。
雪莲绽放冰崖上，天马飞过八卦城。
擎天一柱入苍穹，林海葱茏山色濛。
座座帐篷花海里，轻烟散入塞风中。
山花烂漫牧鞭长，阿肯歌声绕画梁。
哈族老人酬远客，穹庐帐里奶茶香。
铁龙穿出白杨沟，高速修过松树头。
电掣风驰驮宝去，声声车笛唱风流。

火焰山下赏景观

边陲一梦越千年，历史风云几变迁。
火焰山前吟古韵，苏公塔上望楼兰。
茫茫戈壁成油海，片片芳州尽乐园。
哈密瓜甜香溢远，葡萄架下舞翩翩。

浣溪沙・春日

移步南园听玉箫，杏花时节看蜂巢。年年柳色绿村郊。　　流水潺潺吟古韵，枝头桃李又含苞。天涯处处蜜香飘。

诉衷情·晚炊

春风一度又桃花，牧笛向天涯。炊烟帐篷红柳，浅草浴云霞。　　风送醉，暮啼鸦，蜂归衙。三杯醇酒，一段相思，半碗奶茶。

鹧鸪天·放蜂

未了尘缘梦魂牵，一生辛勤育蜂田。朝朝闻鸟枝头语，夜夜伴蜂花下眠。　　风入帐，月窥帘，不知明月哪时圆？忽觉阵阵温馨至，沙枣飘香又一年。

李江风

1933 年生，山东滕州人。新疆气象研究所原副所长，研究员。新疆诗词学会会员。

赠日本地理学家气象学家吉野正敏兼怀德国地理气象学家汉恩

笑对沙洲地与天，风尘深处写楼兰。
扶桑万里西欧梦，尽在茫茫瀚海边。

赠二十世纪五十年代进疆旧友

同舟风雨忆沧桑，鹤发童颜聚一堂。
相顾莫忧青鬓改，天山今已换新妆。

悼王秉武先生

阳关西出渡沙川，袖里风云管地天。
文采斐然缘秉武，滕王阁里挂君联。

李守诚

1943 年生，湖北武汉人。兵团农十二师一〇四团高级统计师。新疆诗词学会会员、乌鲁木齐市诗词楹联家协会理事。

夏牧场

绿毯茵茵野菊黄，白云朵朵绕毡房。
叼羊赛马欢声动，阵阵清风飘奶香。

博拉斯台夏天

昨宵细雨润香蘑，破晓霞光洒翠坡。
峭壁冰川千丈挂，山泉瀑布万重波。
牦牛静默啮青草，骏马长嘶昂鬣脖。
展翅雄鹰飞远处，姑娘小伙唱情歌。

雪　莲

夏日萌生雪线旁，神州美誉远名扬。
初开碧帐迎来客，对舞红衣吐暗香。
冷艳清幽花蕊笑，凌寒挺秀雪莲王。
强身健体灵丹药，惠及苍生百世芳。

水调歌头·登泰山

岱庙拜贤圣，信步上山巅。玉皇绝顶云外，高耸破青天。仰望红升旭日，俯眺黄河玉带，雄伟丽山川。缥缈群峰舞，虚幻雾中看。　　南天门，天梯陡，敢登攀。古碑石刻词赋，豪气壮河山。焕发真情伟志，热爱中华大地，甘做好儿男。霞落幽山静，归路尽欣欢。

李村人

1942年生，江苏仪征人。新疆生产建设兵团农六师微车厂学校原校长；现为中国楹联学会、新疆诗词学会会员。

车过河西走廊

凭窗极目眺河西，痛念西征泪眼迷。
今日陇花红胜火，皆因碧血沃春泥[①]。

【注】

① 1936年我红军西路军一万两千人西征，在河西走廊与马家军浴血苦战，终因孤军深入弹尽粮绝，大部惨烈牺牲，余众400余人退往新疆。

游天池

闻道天池在九天，上山不惜九盘旋。
云间回望人间路，步步崎岖步步艰。

白杨沟留影

入夏难消尘世热，登山喜得绿葱茏。
流云飞瀑留难住，且把山光入画中。

客来五家渠

红楼绿树春风里，远客光临洗路尘。
细品甘泉话往昔，新城原只五家人。

军垦新曲

曾举赤旗征腐恶，又将垦曲谱荒原。
卅年汗水浇新绿，万里沙滩换旧颜。
花笑花开春色里，人歌人奋大潮间。
拼将后浪超前浪，借得南风上九天。

长相思·澳燕归来

泪千行，血千行，曾陷樊笼落异邦，乡思夜夜长。　　思炎黄，梦炎黄，今日飞回绕故梁，神州尽盛装。

李来旺

1954 年生，陕西略阳人。新疆生产建设兵团农一师中级人民法院政治部副主任。阿克苏地区诗词学会副会长兼秘书长、新疆诗词学会及兵团诗联家协会会员。

登泰山

玉皇诚请天街宴，健步云梯十八盘。
心旷神怡千景秀，果然五岳独尊先。

夜游秦淮

乌篷十里逐秦淮，歌舞千家唱盛衰。
溢彩流光波弄影，遗风余韵入诗怀。

拓荒乐

别问祖根将若何，南腔北调乐一窝。
共邀大漠清寂月，同舞长风唱戍歌。

为了忘却的纪念

狮桥饕跳兽八年，奸掠烧杀绝九寰。
千里无烟尸遍野，腥熏血洗“共荣圈”。

占春芳・红柳

清骨瘦，盈枝秀，锦簇冠浮丘。纵未芙蓉娇媚，远超玉蕊雄遒。　　浪柳岂为俦，守寂贫，甘居荒陬。漠沙千里春红透，独占风流。

杏花天・进疆四十年

驯“野马”倾情塞外，垦绿洲、冬夏无怠。植杨插柳春风拽，草舍琼楼替代。　　欢歌起、银棉惹爱，农机舞、棉山稻海。镜中华发神失帅，放眼绚霞丽彩。

李作高

1935-2010 年。四川安岳人。生前博尔塔拉蒙古自治州报社编辑、新疆诗词学会会员。

晚　年

晚年何物振精神，满架诗书细细温。
儒术引君观宇宙，释家陪我转乡村。
先师首肯关雎乐，亚圣心思百姓尊。
高枕安眠频入梦，欣然圆梦赏朝暾。

画堂春·书

西游法术哄愚人。真三国，假封神。生花妙笔妙如云，惯写虚文。　　文网刺探鹰犬，屠刀枷锁牢门。天花乱坠必遵循，专美狺狺。

水龙吟·友情

巴山蜀水情长，谪仙工部金兰好。江云渭树，凉风天末，万事难表。千载悠悠，梦中还见，两人欢笑。看今来古往，蜀川韵事，纵渊博，知多少？　　西北西南兄弟，手同携，步崎岖道。庭州繁盛，双河清淡，地荒天老。丁亥端阳，有缘一面，神魂颠倒。幸苍龙制伏，阆中安岳，不宣心照。

贺新郎·人生

休苦人生短。又何须、花开花落，几多哀怨。明媚风光莺燕乐，蝶舞蜂飞款款。无伦比、昙花一现。旧去新来寻常事，怪祖龙求药洵荒诞。恭俭让、美真善。　　好言一句三冬暖。看丛飞、冰清玉润，蜚声不断。中外古今名利客，处处机关失算。遗后世，悲歌千万。水自漂流山自绿，慕地球星月悠悠转。效太守，牵黄犬。

鹧鸪天·古稀抒怀

花落花开自有时，欣逢海晏古来稀。胸无大志诗书恋，腹有微才翰墨持。　　蛇虺舜，斗牛移。梦中太息豆燃萁。欣闻设计蓝图美，老马由衷疾奋蹄。

临江仙·杨花柳絮

柳絮杨花多可笑，随风飞舞轻狂。穿窗入室意昂扬。悠悠来复去，何虑路茫茫。　　云散气清风乍止，徐徐下落惶惶。无声无息好凄凉。纵然风再起，也要断肝肠。

李英俊

1932 年生，湖南湘阴人。新疆生产建设兵团农一师畜牧兽医科研所所长，高级畜牧师。现为中华诗词学会会员、新疆诗词学会常务理事、新疆建设兵团诗词楹联家协会副主席，已出版诗集《胡杨叶韵》。

天山月夜游

天山雪岭似堆银，银色清辉泻月轮。
玉露轻霜辩不得，蟾光薄霭亦难分。
松涛习习微风爽，马鹿珊珊踮步轻。
游客凝神呆望眼，却疑身已入仙庭。
松枝白羽栖仙鹤，崖畔雪莲张玉萼。
牧帐炊烟随雾飘，笛中舞袖翻花朵。
忽然月窟吐流去，宛若嫦娥旋绰约。
信是天山近月宫，清凉雅境怡魂魄。
江南桂影惜朦胧，怎及冰峰皓月容。
晶玉透明清肺腑，银霄坦荡爽心胸。
千秋望月情同一，一点灵犀万古通。
但愿今宵明月影，心心相印遍寰中。

游新和柘厥关

柘厥雄关险，古城扼要冲。
汉唐都护府，遗址令人崇。

常青红柳

风沙扭曲身，耐旱质坚贞。
细叶常年绿，荒原守护神。

温宿神木园

谁将古木化虬枝，似鳄如龙怪异姿。
览遍九州观五岳，园林胜境数龟兹。

库车大龙池

雪映龙池倒影寒，青松挺拔叶流丹。
当年王母临池处，游侣扶肩带醉看。

天山神秘大峡谷

红岩峻岭傍天山，欲凿神工亦觉难。
谷壑交叉沟错落，层峦叠嶂壁流丹。

诗 疗

春江花月柳丝摇，大漠苍鹰牧笛嘹。
婉约清词舒脉络，雄豪壮语薄云霄。
晨昏堪喜吟名句，岁月如歌奏玉箫。
风雨沧桑欣一悟，欲期康乐靠诗疗。

渔家傲·元宵节观长城舞龙

子夜长城龙破雾，星光火树银灯舞。五岳风雷惊玉宇。咸相语，九州生气闻天鼓。　　百载硝烟驱浊腐，三中旭日迎霞吐。荆蕊荷花添媚妩。冲天柱，射出神舟登月窟。

鹧鸪天·题《胡杨叶韵》诗词丛书

叶茂枝繁恋日光，诗人苦旅若胡杨。消冰解渴坚根节，化砺充饥护古荒。　　熬岁月，获银霜，吐丝渗泪赋新章。情留大漠添红叶，韵寄龟兹引凤凰。

西江月·丛书

为感诸公劳绩，精心推出丛书。免将佳作变遗珠，入册存留千古。　　会内同仁兴奋，关中吟友惊呼：边疆吟社惜良驹，拭目腾龙跃虎。

李金香

1945 年生。河南淮阳人，中华诗词学会会员、新疆诗词学会理事、《龟兹诗词》编辑。

塔河滚滚歌军垦

波涛浩渺长虹长，一览如临黄上黄。
风展吟旗歌两岸，浪打龙沙撼大荒。
荒原千古眠处女，汉使唐公呼不起。
忽见红日照边关，甘教春心许劲旅。
劲旅长缨系延安，雄风不减南泥湾。
旗映五湖英雄汉，知青离沪出阳关。
荷锄枕戈吻边土，将士同锅共甘苦。
忙务桑麻闲练兵，内防颠覆外拒虎。
地窝草铺砍土镘，披星戴月斗暑寒。
柳筐挑走穷和白，铁牛呼出金银川。
我临长河放眼望，稻海棉涛泛绿浪。
牛羊驰逐鲤鱼飞，车水马龙油路上。
忽见油井喷油狂，忽见蜃楼落成行。
忽见明珠放光彩，忽闻瓜果送浓香。
杨柳随客入连队，红楼绿合荫百卉。
桃李满园沐春晖，百货琳琅竞妩媚。
机器轰鸣震厂房，吐丝喷塑溢果酱。
下海凌空逛欧美，广开门路换外洋。
寂寞荒原容颜改，万家荧幕跃七彩。
古今中外缺和圆，八方情趣入眼界。

燕舞莺歌情如痴，青丝白发竟题词。
南风北韵如潮涌，一派风流两岸诗。
我借塔河歌军垦，浊浪未改赤子心。
大鹏虽去龙凤在。虎将雄兵柱乾坤。
大河滔滔旗猎猎，长城何惧北极雪。
戍边儿女擎红旗，照亮天山一轮月。

沙漠红柳

战罢黄沙春未消，英姿毅魄冠红条。
寒来暑去根长在，雪压风摧色更娇。

龟兹烽火台

火台烟燧镇陲边，犹透刀光剑影寒。
莫道长城止嘉峪，雄关第一在天山。

天山自然保护区拾翠

马啸云杉静，风闲瀑布哗。
雁衔崖上玉，月浣水中纱。
投石珠光溅，穿桥碧影斜。
临窗贪雪景，枕浪醉林家。

祝阿克苏驻军支援光缆工程奏凯

锹挥线路汗沾裳，劲旅旗扬古战场。
气撼天山兵破土，风惊大漠将披霜。
西陲月色融银帐，东土春晖沐绿装。
电讯功垂千古史，红星到处撒辉煌。

武夷山览胜

清流九曲绕层峦，闵水尧风别有天。
似乳双峰摩日月，如帘一洞蓄云烟。
龙岩饱染乾坤气，笔架长生世纪篇。
漫道鹃花红似火，若追血雨洗征鞍。

河南林县红旗渠

撼地惊天旗鼓张，劈山引水浴朝阳。
餐霜卧雪燃篝火，沐雨栉风枕月光。
骨硬何愁岩石硬，情长更比洞涵长。
中原试举回天手，敢令银河落太行。

沁园春·三峡水电工程

壁立西江，气夺洪峰，首举昊天。令平湖出楚，肩齐神女；飞船入蜀，笛动巫山。天堑流金，龙头泻玉，电闪华光万国瞻。涵环保，镇惊涛骇浪，泽被吴川。　　神龙似马添鞍。驭华夏、端居世界巅。践鲲鹏梦寐，还珠故国；中枢睿智，问鼎凌烟。入世垂功，京临圣火，天路腾云百族欢。炎黄笑，笑尧山舜水，啸傲人间。

李庚元

1933 年生，湖南浏阳人。新疆维吾尔自治区民政厅原副厅级巡视员；现为新疆诗词学会会员、新疆生产建设兵团诗联家协会理事。

军垦第一犁塑像

宇宙洪荒第一犁，已教戈壁满生机。
水遵号令成渠网，树按蓝图筑绿堤。
十数新城连古道，万千铁汉戍边圻。
开基业绩腾升地，立起中华一面旗。

纪念新疆现代屯垦戍边事业奠基人王震将军

春催上将出关来，重整山河展壮怀。
二十万军耕瀚海，八千里路熄烽霾。
雄图换得沙漠绿，大略终教宝藏开。
今日奠基人已去，依然光焰照边垓。

谒周总理纪念碑

人最亲时地有情，当年此地笑连声。
知青貌若迎春树，总理言如化雨风。
点散疑云皆妙语，指清方向似明灯。
而今碑畔思遗训，犹是心潮几沸腾。

军垦博物馆见陶峙岳将军专用越野车

钢筋铁骨异邦生，曾载将军日夜行。
轮碾天山南北路，身经瀚海暑寒风。
农场出入蒙尘土，工地来回过坎坑。
直到艰难皆历尽，栖居馆角任人评。

乌苏柳花茶①

饮品何方味最佳？乌苏特产柳花茶。
河边矮树通身瘦，枝上小花众口夸。
曾献帝都汆御盏，堪同龙井较精华。
奈何造化恩情薄，物少难酬万姓家。

【注】
① 柳花茶是用准噶尔柳(俗称白柳) 的花制成的饮料。

巴伦台蒙古族白节

白节来时春节临，迎春庆白两情亲。
白如明月生光洁，春有柔肠送喜欣。
裁就白绫为哈达，求来春雨润山林。
巴伦台庙人如海，共颂天神降福音。

过五家渠市将军街

通街立像似星罗，缘是雄师战将多。
云梦起兵开胜局，庭州兴垦树规模。
阵前韬略三军勇，塞外风尘两鬓皤。
走过千难和万险，丹心一片不移挪。

伊犁河纪游

千年雪岭孕千泉，直泄三河入大川。
野马渡横平野阔，盘羊寺杳市街喧。
凝冰峰外山山树，度假村前处处船。
更见夕阳沉落后，华灯照彻九城天。

水调歌头·湘籍战友从军戍边五十周年

投笔巴陵道，矢志戍轮台。半纪风云叱咤，捷报与时来。剿灭狼烟魅火，绘就新图美景，戈壁起楼台。反顾艰难路，感慨系襟怀。　　须眉白，清平乐，节无衰。老来犹有余热，伏枥献长才。纵是文襄司臬，勘判修齐平治，宁不赞奇哉！忠骨埋何处？天山立墓牌。

满江红·军垦颂

细数风流，阳关外、兵团人物。垂半纪，荷戈从垦，以劳兼武。开国雄师擎大纛，支边劲旅传薪炬。好儿郎、矢志换乾坤，羞言苦。　　三个队[①]，旗高举。军百万，跟时翥。奋豪情重绘、砾漠图谱。造出绿洲联水网，推平瀚海成林圃。喜如今，丝路串新城，花如雨。

【【注】

① 三个队，指肩负屯垦戍边“三大任务”的新疆生产建设兵团，即，兵团既是生产队，又是工作队，也是战斗队。

李学广

1937年生，河南原阳人。石河子市党校副教授。中华诗词学会会员、新疆诗词学会理事、石河子诗词学会副会长，著有诗集《天意怜幽草》。

果子沟珍珠泉

泉出巉岩直盥天，抛珠溅玉泽民田。
或长或短扬飞瀑，时弱时强弄管弦。
山绽山花花掩石，水漕水果果盈川。
珍禽飞翥彩云里，自谱自讴诗百篇。

访惠远古城吊林则徐

绿树丛中兀此楼，钟声隐隐荡云头。
虎门有胆千秋炳，凤阙无能万古羞。
爱国精神昭日月，抗侵正气壮神州。
当今一事公堪慰，港澳回归旧耻休。

壬申春节喜迎振河纯玉来访

佳节边城雪未融，报春杨柳曳东风。
迎君只合开口笑，忆旧休教泪眼红。
学步无方折腓胫，登高有志得峥嵘。
今宵有酒今宵醉，莫计塞西和豫东。

鹧鸪天·重游驼铃梦坡

故地重游复放歌，沙丘起伏伴声波。似曾相识弯腰柳，无动于衷伏地驼。　怀往事，愧蹉跎，笑声几许失斯坡。冬樵春牧饶情趣，转眼梭梭败叶多。

踏莎行·驼铃梦坡面貌新

昔至驼铃，如臻迷阵，惶惶难把归途认。风沙骤起日黄昏，饥肠还被狼围困。　今日重来，耐人思忖，塔亭池榭从天陨？古丘有似做新娘，新姿新貌花娇嫩。

踏莎行·驼铃梦坡天然乐园

日出东林，遥如彩练，平沙着色霞光灿。驼铃一梦几经年，醒来顿觉乾坤变。　亭翥丘巅，池镶丘畔，巍巍玻塔耸天半。谁乘气球试航天，谁人跳水双飞燕？

踏莎行·驼铃梦坡其乐无穷

柽若松青，地如金镀，丛丛翠绿梭梭树。滚身沙土恣欢娱，洗通水澡滋筋骨。　　横木平铺，塔身高竖，一舒望眼天涯处。未闻当日狐狼声，心随林带龙蛇舞。

南歌子

歌自黄昏起，琴随晓雾停。问君何事苦多情？日出东山珠泪尚晶莹。　　忽报寒流至，更期风雪兴。旧愁可望葬坚冰，但怕新愁偕草翌年生。

鹧鸪天·咏风

大漠风沙谁颂扬？魔城巧塑鬼厅堂。兴来携雨滋花草，怒发倾舟折栋梁。　　均冷暖，促沧桑，驱轮发电献辉煌。飞沙偶掩楼兰市，古老文明着意藏。

鹧鸪天

明月欲圆儿欲还，总将老眼望遥天。风生但愿销迷雾，浪静更期扬白帆。　　江海阔，岳绵联，险途岂阻燕翩翩。新春佳节人团聚，美酒佳肴话鼠年。

李宗伟

1935年生，河南巩义人。高级政工师。新疆诗词学会、兵团诗联家协会会员，石河子诗词学会理事，著有《今生如蜂》。

兵团颂

带剑扶犁五十年，改天换地建兵团。
风餐露宿汗如雨，亿万平畴绿浪翻。

农业免税喜赋

免税新规喜讯传，青山起舞水狂欢。
农民致富宏图展，争说中枢领导贤。

参观石河子奇石馆

埋在河山最底层，欣逢盛世变精英。
歪来扭去偏成趣，倒四颠三别有情。
或站或奔犹梦幻，如歌如舞待琴声。
会心崩出诙谐语，死去活来得永生。

李京西

1946 年生，山东阳谷人。中共新疆维吾尔自治区党史研究室副主任。新疆诗词学会会员。

铁厂沟即景

汩汩溪流半浅深，岚光一抹涤胸襟。
多情最是新来雨，助得骚人即兴吟。

边城春色

春风吹暖到天涯，雪尽枝头绿几芽。
去岁燕姑今又至，衔泥飞落故人家。

李荀华

1962 年生，湖南长沙人。石河子大学中文系讲师。新疆诗词学会会员，著有《还珠集》等。

登霍源古城楼

城楼直上白云悠，放眼山河一览收。
西极苍山吞落日，南穷瀚海吐金秋。
危台一袖挥凉月，往事千年念故侯。
绝顶长吟应笑我，狼毫未润效风流。

大漠情思

立志丁年度玉关，长亭作别上征鞍。
疏林落日孤烟直，夜雨高楼小睡难。
染鬓秋霜人未识，拈花蝶梦卷犹残。
凭轩尚虑桑田事，淡淡乡愁到笔端。

李保孚

1928年生，山东阳谷人。克拉玛依石油局原党委书记。新疆诗词学会会员。

戈壁机声

茫茫戈壁少人烟，忽听雷声动地天。
十里喜闻香扑鼻，原油汩汩涌如泉。

李信中

1922年生，字鼎华，四川巴中人。新疆生产建设兵团农十师退休教师。，新疆诗词学会会员、阿勒泰地区诗词学会副会长，著有《旷轩吟草》等多种。

惠远钟鼓楼

惠远存遗址，云飞钟鼓楼。
轩楹饶古意，户牖挹清流。
辐射长街静，光收夕照优。
残碑文漫漶，史迹话从头。

伊犁将军府

昔日将军府，曾驱十万师。
老榆枝娇娇，空院草离离。
附会林公宅，依稀汉相祠。
贤豪人所重，百代尚怀思。

石河子垦区颂

白手起家业，筹资节食衣。
愚公心不老，处女地生辉。
大勇原无畏，丰收自可期。
峥嵘添岁月，建设趁良机。

中峰夜月

中峰高耸处，月小昊天清。
铁架标三角，辰居拱众星。
岩危云掠影，谷暗鸟潜形。
矿井人归晚，风霜惯久经。

亚运纪胜

力士金身露，娇娃玉腕舒。
银球传友谊，捷报代家书。
虎跃龙腾海，熊飞雁过湖。
登台为冠亚，万众并欢呼。

月夜书怀

秦月汉关在，时逾景渐移。
风追千里马，雪积万篇诗。
壮士从征远，将军叹数奇。
天开尘雾散，清气漫台池。

寄老友

老骨仍顽健，风霜耐久经。
先人庐墓在，故国地区灵。
肝胆还含赤，头颅不转青。
西陲明月夜，意绪寄寒星。

野　望

韭嫩蔬鲜麦吐芽，傍山依水有人家。
荒原拓出新天地，墙内悄开红杏花。

新疆剪影

大漠飞沙雁影浮，天河漫远铁门幽。
三山系列雄西塞，一路丝绸到北欧。
燕颔曾经持虎节，鹰群今已代驼舟。
瑶池碧浪轮台月，士女联翩畅旅游。

新疆好

广漠长风岁月稠，天开胜境景光优。
南隅雁阵九万里，西口驼帮十万头。
北极光强扬世界，东方色丽耀丝绸。
浩歌齐唱新疆好，友谊欢连七大洲。

龙泉桃花

锦水龙泉浣秀枝，桃花又值盛开时。
红云冉冉笼山径，翠带飘飘拂柳枝。
熠熠生辉明似画，彤彤焕彩美如诗。
看花士女知多少，驻足凝神未忍离。

望　云

絮卷棉飞漫碧天，轻盈散聚自悠然。
淡灰微抹愈高洁，浅紫稍烘更丽妍。
变化峰峦移默默，萦纡袖带舞翩翩。
苍茫浩邈无穷尽，幻想幽思浮万千。

望昆仑

三山屹立莽昆仑，出世横空百脉尊。
海拔崔嵬风凛冽，天行爽健气馨温。
绿洲春暖融华夏，红日晓升耀国门。
如此江山多壮美，传承赞颂振诗魂。

李振东

1922 年生，山东肥城人。新疆喀什地区邮电局原党委书记。中华诗词学会、新疆诗词学会会员，阿克苏诗词学会名誉会长，已出版《胡杨叶韵》（合集）。

琴　岛

乘风万里游，琴岛暂停留。
九点峰烟翠，归帆海上秋。

喀什东湖

小岛无穷碧，涟漪荡客船。
东湖初照影，天际月新弯。

蟹爪兰

嫁接仙人掌，迎来蟹爪兰。
殷勤双护植，春色此中看。

题　画

彩笔走龙蛇，丹青展丽葩。
船依河岸柳，日影醉流霞。

济南大明湖

北阁凌云蔚壮图，秋深荷叶半池枯。
山光水色遥相映，点缀名城是此湖。

春日西湖

春来绿满小城西，此处亭台柳拂堤。
湖面涟漪风乍起，轻舟荡漾橹高低。

乌什醉霞阁

醉霞仙阁玉玲珑，舫榭亭台送柳风。
舞罢婆婆传笑语，湖光山影画图中。

塞上秋

长空雁叫朔风凉，一夜寒流卷大荒。
唯有胡杨无限美，夕阳斜照叶初黄。

托木尔峰

遥目天山矗太空，迎霞展现玉芙蓉。
冰川欲觅珍禽兽，览胜登临上碧穹。

李晓岚

1913-2005 年，湖南邵东人。著有《晚晴吟稿》。

果子沟

越岭下幽谷，桃源塞外藏。
山花迎客笑，野果任人尝。
仰目天疑小，无风气自昌。
石泉通曲涧，岚翠散松香。

白杨沟

一径通幽处，巉岩接碧天。
谷穷悬瀑布，涧合响流泉。
穆穆松含露，茸茸草带烟。
南山休养者，频赏更怡然。

七十九岁感赋

阅尽沧桑事，何须赋式微。
晓风欣适意，柳叶幸齐眉。
菊蕊清香溢，芭蕉栀子肥。
于焉常习静，皓月照窗扉。

金山阿尔泰

磅礴鸿蒙气，巍峨友谊峰。
黄金支国富，白雪兆年丰。
场茂三边草，崖悬万古松。
雪莲何处觅，不与百花同。

游天池　二首

（一）

展望平湖玉镜开，群山环抱影徘徊。
岭头云雪浑难辨，绝似芙蓉与白梅。

（二）

湖光山色蔚蓝天，习习清风引画船。
疑到广寒心已醉，不知人世变桑田。

李般木

1915-2006年，甘肃武山人。曾任《西北铁道报》副总编、《新疆铁道报》总编等职，中国书协理事、中华诗词学会顾问、新疆诗词学会名誉会长。

题门成烈百鱼长卷

门叟银发低垂肩，龙钟策杖侔神仙。
投荒屈指四十载，终日埋头书翰间。
赋性乐天喜交游，淡泊生涯无所求。
胸无得失浑忘我，影有浮沉随大流。
客问平生何所爱，画鱼写字刻石头。
藏书满架不曾读，手捧一卷打呼噜。
有时亦喜栽盆景，不见开花枝已枯。
柬邀赴约不延迟，衣帽邋遢不入时。
对景生情哼几句，不讲格律亦作诗。
年逾花甲力不衰，豁齿漏风笑颜开。
出语诙谐多怪论，朝夕座上有朋侪。
去岁画成鱼乐图，我为题诗信笔涂。
东下长安开画展，不惮跋涉万里途。
乡人苦劝归家山，笑而不答心自安。
天涯何处无芳草，不愿生入玉门关。
别时画卷满箱笼，秋深空手登归程。
盈筐画卷何处去？为念乡情捐乾陵。
今年又画百鱼卷。倩余题诗难敷衍。
千尺竹素泛金鳞，度是明年又归陕。

如此展卷题长诗，驽骀愧我更无辞。
诗成不觉天已暮，树影横窗月上时。

惠远城怀古

驿路茫茫越极边，林公逐放为焚烟。
我来惠远思先哲，浩气长留人世间。

游铁门关

双峰对峙夹雄关，仰视铁门一线天。
自古兵家争夺地，金戈此日化安澜。

登鼓浪屿

玉垒排云造化工，登临方觉海天雄。
台澎远隔烟波处，时论纷纭说郑公。

题画梅

庾岭梅花塞外开，雪光照影倚妆台。
玉枝铁骨安清冷，羞与群芳斗艳来。

赠军垦博物馆

安边青史溯西汉，艺苑掇英称盛唐。
丝路流沙饶胜迹，玉堂瑰宝羡琳琅。

南山纪游和萧无

燕赵由来士气豪，伊谁诗酒较分毫？
南山同醉松林畔，雪影波光染鬓毛。

西域抒情

寄迹天涯便是家，策书杖剑越龙沙。
老来未减还乡梦，觉后仍思此地佳。
漫步庭园闲觅句，时临阁帖乱涂鸦。
心耽翰墨无他事，除却丹青爱种花。
曾闻沧海变桑田，古语于今始信然。
大厦连云迷阵雁，平湖映日荡游船。
诗坛盛赞明园会，历史重书西域篇。
如此边城堪娱老，何须生入玉门关！

题画山水

依山筑阁对飞泉，绝壁丹崖绕翠岚。
偶至观云亭上望，空濛雨气不胜寒。

雪后北庭雅集

本是千秋歌舞乡，高楼恰对阅微堂。
梨花万树千山白，美酒三樽一座香。
欲赋小诗讴盛世，拈来险韵索枯肠。
文坛且喜诗宗在，西域联吟共举觞。

画　马

骏骨千金事有无，岂因栈豆恋征途。
不逢伯乐情何已，故写龙媒入画图。

梦游石门仙人崖

陇月清光照石门，仙人遗迹掩苔痕。
风烟莽莽丝绸路，夜静驼铃绕梦魂。

故园情

村舍幽居爱晚晴，群鸦绕树暮烟凝。
溪桥影抱芦根月，牧笛声牵塞柳情。
夜静钟鸣林外寺，天明鸟语屋边藤。
乡思聊寄杯中酒，且共邻翁醉北庭。

李能俍

1945 年生，陕西神木人。在新疆工作多年，后调陕西榆林任《榆林日报》主编。现为新疆诗词学会会员、榆林诗词学会副会长兼《榆林诗词》主编。

阿里山神木吟

有松名神木，长在阿里山。
漫山松成海，此木独为冠。
十围干凛立，百丈躯参天。
虬柯紫鳞被，宛若苍龙蟠。
已逾数千岁，青枝尚毵毵。
浓荫庇四合，仰之心怡快。
下有树灵塔，屈蝼似拜参。
塔身铁熔铸，锈渍若泪斑。
砼座苔痕布，恰似老病残。
忆昔日寇至，劫掠逞凶悍。
夺此山中宝，伐木万万千。
栋材长车盗，枝杈烈火燔。
有峰皆狼藉，四野走兽蹿。
树岂无灵性？宁能忍恫瘝！
神木威赫赫，奋勇一身先。
破云柯如剑，沐雨铁甲坚。
舞风布雄阵，鼓雷怒声喧。
浩气盈岭岫，倭寇心胆寒。
贼首忽夜梦，树灵驱骈阗。

索命声厉厉，万声讨罪愆。
贼寇魂魄丧，日夜心无安。
乃建树林塔，俯伏似虔虔。
冀可安灵众，从兹百虑蠲。
无乃奸诈举，欺世盗名难。
屠刀尚在握，何来佛参禅。
不义必自毙，神松引魂幡！
宝岛终光复，松林日荣繁。
孑遗树灵塔，善恶赖评诠。
宛然耻辱柱，日寇罪铭镌。
神木高标举，正气乘风抟。
彰我中华志，四海美名传。
肃立仰神木，五内涌波澜。
吾邑神木县，县与松有缘。
有松高且壮，雄雄竖城垣。
县名呼神木，感其佑黎元。
讵料矫矫树，不独故里看。
吾乡松神秀，此地神松轩。
若非同种姓，何能共灵媛？
两岸尊一木，一木两岸连。
共张神木志，远天放眼瞻。
外患今犹在，邻虎正眈眈。
岂能墙内阋，眇然忘危艰。
兄弟宜相携，协力振轩辕。
山重水复后，柳暗花明前。
齐觅统一路，同胞共勉旃。
身为神木裔，神木我心贤。

岂忍匆匆别，别来自难谖。
欲为神木鼓，高风两岸暄。
且吟简质句，聊表寸心丹。
吟毕多感慨，东望泪泫然！

圣火耀珠峰

万里长传此最高，珠峰五月焰燎燎。
百年圣火寰环共，更播祥云四海飘。

春　雷

呼春幸赖一声雷，拨退顽云丽日回。
冰破江河张楫棹，雨苏漠野发兰梅。
南莺北燕翩翩起，万紫千红艳艳开。
卅载华滋成锦绣，和风直送好音来。

1980年夏调离新疆感赋

以身许国向于阗，风雨蹉跎十五年。
念念频思雁归急，寥寥每叹月难圆。
何曾弹铗怀私怨，敢效陈情发小笺。
流水落花春逝去，心头块垒重如铅。

步韵和答伍乘森

别后真如马失蹄，几回西望夕阳低。
寄梅陆凯君多意，夺笔江淹我少诗。
唱和难追七步韵，蹉跎已作一丸泥。
神交不碍关山远，思绪悠悠共雁驰。

江城子·遇故人

相逢欲语竟无言。意翻翻，泪潸潸。把袂凝眸，何事改朱颜？秋月春花今似昨，人老矣，指弹间。　　华年似水去难还。绕险滩，过重峦。时雨时风，一路卷波澜。豪气三分今尚在，斜阳外，又青山。

水龙吟·寄边城吟友

边关诗会扬旌，骚人文士如星斗。铜琶铁板，龙吟凤畴，耆贤新秀。牧野高歌，雪峰傲啸，乌城煮酒。算人生快事，联珠唱玉，梁园赋，竹林友。　　西望云天远岫，正秋时，又逢重九。当年此际，登高咏答，此情依旧。十载睽违，魂牵梦绕，故人知否？托征鸿谨祝，重滋九畹，再开千亩。

江城子·孙儿情

孙儿随母别家门。步逡逡，意殷殷。几度回眸，小手舞频频。起看新桃留桌案，情一点，此中温。　　顷时泪溢喜津津。小天真，解疼人。养育经年，不枉费艰辛。欲卜平生观少岁，奇志者，定亲仁。

西河·葭州白云山抒怀

形胜地，云山城上来倚。长河眼底浪滔滔，岸崖似垒。山环水绕惹思飞，一时多少心事！　　苦穷山，伤恶水，空余点点悲泪。东方红曲震长空，洪涛怒起。五星旌舞纳春回，人间终换新世。　　此今壮锦彩笔绘，遍山川匀紫敷翠。流水也知人意，荡长波唱向千家，道是无限风光，春风里。